생의 기쁨

생의 기쁨

불확실한 날들을 가볍고 유연하게 건너는 법

박정은 지음

옐로브릭

목차

머리말 기쁨을 잃어버린 우리를 위해 **007**

──────── 1부 * **기쁨의 단서들** ────────

1. "내 마음, 왜 이처럼 기쁜가?" **023**

2. 빨강머리 앤과 기쁨의 하얀 길 **041**

3. 조르바와 자유로운 현재의 춤 **060**

──────── 2부 * **기쁨을 발견하는 작업** ────────

4. 기쁨의 영성 **089**

5. 일상의 발견 **127**

6. 놀이, 기쁨의 실험 **155**

7. 유머와 웃음 **186**

8. 기쁨을 매개하는 텍스트들 **203**

맺는말 기쁨, 일상의 축제 속으로 **219**

기쁨을 잃어버린 우리를 위해

기쁨이란 말이 좀 낯설다는 생각이 드는 때가 있습니다. 딱히 불행할 것도 없고, 딱히 내놓을 것도 없이 그저 성실히 매일을 살고 있는데, 언제부터인지 삶이 좀 건조하고 기계적이라고 느껴진다면, 우리는 잠시 멈추어 서야 합니다. 아이들을 챙기고 직장 일을 하면서 그저 주어진 대로 해내야 하는 일들을 열심히 하고 있는데, 어느 순간 내면이 텅 빈 것처럼 느껴지는 순간이 있습니다. 그럴 때는 정색하고 자신에게 '안녕하니?' 하고 물어야 합니다. 한 번뿐인 우리 삶은 최소한 그것보다는 신나고 또 가슴 두근거리는 무엇이어야 할 테니까요.

삶의 느낌들이 사라져 버리고, 모래가 서걱대는 사막바람을 맞는 듯한 순간이 오면, 우리는 다시 자신의 고유한 삶의 결을 회복해야 합니다. 그렇게 할 때 비로소 기쁨은 다시 익숙한 단어가 될 테니까요. 고유한 삶의 결은 작은 순간들, 그러니까 자기 자신과 혹은 다른 누군가와(혹은 무언가와) 연결되는 순간들을 마음속에 확보할 때 드러납니다. 그렇게 다시 찾은 삶의 결을 어루만지다 보면, 너무나 사소해서 보잘것없던 일상의 조각들이 마치 햇살에 빛나는 사금파리처럼 반짝일 것입니다.

그래서 그런 순간들을 한번 소환해 봅니다. 어느 저녁 낯선 동네까지 걸어 어둠에 잠기는 길모퉁이를 돌아서며 어떤 집 창에서 흘러나오는 빛 혹은 누군가의 서툰 피아노 소리가 정겹게 느껴지던 때, 그로 인해 마음속 깊이 자리 잡은 그리움과 슬픔이 정겹게 느껴지던 때를 기억하시나요? 혹은 빛이 고운 아침의 산책에서, 밤새 맺힌 이슬이 아직 햇빛을 받아 반짝이고, 담벼락에는 누군가 그려놓은 낙서가 보이고, 하루가 다르게 푸르러 가는 가로수가 말을 걸어

오기 시작하던 때를 기억하시나요? 무엇이든 재미있어서 허리를 잡고 깔깔대던 시절로 다시는 돌아갈 수 없다는 것을 마침내 알아차리던 때, 좋아하는 찻집에서 혼자 커피를 마시던 순간들을 기억하시나요? 밖에 비가 내리고 바람이 많이 불어 약간은 외롭고 기운 없는 때, 남대문 시장을 활보하며 공연히 물건 파는 아주머니와 사는 이야기를 하며 기분이 좋아지던 때, 그런 때를 기억하시나요?

사람들에게는 저마다 꿈꾸는 내면의 삶이 있습니다. 여기서 제가 강조하고 싶은 부분은 '꿈꾸는'이라기보다는 '내면'에 있습니다. 꼭 지키고 싶은, 혹은 가꾸어 가고 싶은 내적 삶을 꿈꿀 때 우리는 비로소 기쁨에 대한 이야기를 시작할 수 있게 됩니다. 이 광활한 우주의 한 점 먼지와 같은 존재에게 삶이란 결국 순례임을 기억하면서, 이제는 내가 다른 누군가보다 우월하다 믿고 싶은 치기 어린 억지를 내려놓고, 이 정도의 성공은 해야 한다는 망상도 내려놓고, 그저 이 세상을 살아가는 동안 나만의 삶의 결을 찾아가며 얻는 기쁨을 공부하고 싶어집니다.

기쁨은 가능한 것일까?

하지만 문득, 우리가 사는 이 세상이 기쁨의 자각을 너무나 강력하게 가로막고 있다는 생각이 듭니다. 가까운 주변만 둘러보아도 사람들이 살아가는 하루하루가 너무 팍팍합니다. 요즘 젊은이들은 아르바이트를 몇 개씩 하면서 생활을 이어 갑니다. 수업에 나오지 않은 학생을 붙잡고 무슨 일이 있냐고 물어 보면, "일이 너무 힘들어서 못 나왔다", "공황이 와서 아무것도 할 수 없었다"는 등의 이야기를 들려줍니다. 살아가기가 힘들어서 그런 것이라 생각하니 마음이 몹시 무거워집니다.

21세기의 세상은 겉으로 볼 때 엄청난 부와 활력을 제공하는 것 같지만, 극도의 양극화가 진행되고 있기도 합니다. 미국에서는 많은 사람이 실직과 함께 가난한 계층으로 추락하고, 집세를 내지 못한 사람들이 거리에 나앉아 큰 사회 문제가 되고 있습니다. 자본주의가 약속하는 번영은 자본을 소유한 사람들에게만 허락될 뿐, 위험에 처한 많은 사람들은 보호받지 못합니다. 이런 세상에서 생존을 위해 쉼 없이 달려야 하는 우리는 만성적인 고단함과 두려움에 빠져 있습니다.

우리가 처한 정신적 환경을 생각해 보아도 마찬가지입니다. 우리 시대는 한마디로 불확실성의 시대라 해도 좋을 만큼 모든 것이 하루가 다르게 변해 갑니다. 그때는 맞고 지금은 틀린 경우가 허다합니다. 삶의 잣대와 방향을 제시하여 안정감을 제공하던 절대적인 도덕적·종교적 가르침들은 비판적으로 생각해 보아야 하는 과제로 인식됩니다. '다양성'은 '보편성'을 대체하고, 살아가는 방식에 대해서도 저마다 다른 생각을 가질 것을 요구받는 시대에 우리는 정신적 안정감과 균형감을 가지기가 쉽지 않습니다. 절대적 가치를 상실한 사회에서 한 개인은 모든 일에 대해 직접 사고하고 결정을 내려야 하는데, 선택지는 너무 많아 불편하고 불안합니다. 그러나 라캉 같은 정신분석학자는 인간의 선호나 가치 기준이 모두 외부에서 온 것이고, 우리는 그런 외부의 문법에 조종당하고 있다고 설명합니다. 현대 사회의 개인이 일견 자유로운 존재인 듯 보이지만, 실은 자기 내면이 아닌 외부에서 부과한 문법의 틀에 매여 살아가고 있다는 것입니다.

우리 시대의 또 하나의 중요한 특징은 비판적 사고입니다. 인간에게 억압적으로 주어졌던 절대적·보편적 틀을 의심하는 비판적 사고는 분명 여성, 인종, 성소수자 등 인권의 문제와 관련해서 현대인의 삶에 긍정적인 영향을 주었습니다. 모든 보편화된 주장은 주변부에 있는 이들을 억압하기 쉽습니다. 그렇기에 보편적인 주장들을 하나하나 의심하는 것은 중요하고, 저 역시 진리에 대한 방황과 회의가 그저 주어진 문화의 틀을 답습하는 것보다 훨씬 바람직하고 권장할 태도라 봅니다. 그런데 비판적 사고가 갖기 쉬운 치명적인 결점은 희망적인 대안 없이 비판에만 머무를 수 있다는 데 있습니다. 그 결과는 축제와 기쁨이 사라지고 삶이 건조해지는 경향입니다. 비판에 몰두하는 많은 사람이 신념 혹은 신앙을 잃고 끝없는 방황에 빠지기도 하고, 무엇보다 삶의 활기를 주는 기쁨을 잃어버리는 모습을 종종 봅니다. 물론 맹목적인 기쁨보다는 삶의 실재를 직시하는 분노가 낫지만, 거기서 멈추어서는 안 됩니다.

비판적 사고는 마치 생명을 키워 내는 일과 같아서, 계속 물을 주고 가꾸어야 합니다. 깨우친 눈으로 바라보는 세상은 어두우며, 우리를 두려움과 분노와 우울함 속에 함몰시켜 버리기 쉬운 까닭입니다. 그래서 이제는 어린 시절 마냥 철없는 마음으로 누리던 기쁨이 아닌, 세상의 어두움과 아픔을 이해하면서도 기쁨을 선택하는 '두 번째 순진함'*이 필요합니다. 이 두 번째의 순진함은 사실을 있는 그대로 직시하는 용기와 함께, 전혀 새로운 눈으로 바라보는 영성을 요구합니다.

기쁨을 찾아서

이런 불편한 현실 속에서 자신을 찾아가고 고유한 결을 발견하는 일은 매우 고단한 작업임에 분명합니다. 일을 두 개나 하고 수업을 여섯 과목씩 들으며 바쁘게 살아가는 한 학생에게 언제 제일 즐겁냐고 물어본 적이 있습니다. 그는 서

---

* the second naivete, 폴 리쾨르가 말한 해석학적 개념.

습없이 대답하기를, 오직 자신을 위해서 시간을 쓸 때라고 말해 주더군요. 촘촘한 시간표에 따라 쫓기듯 지내며 정작 원하는 일을 할 시간이 없는 현대인의 삶에서, 기쁨이라는 단어는 어쩌면 서먹서먹해진 옛 친구와 같은 것인지도 모르겠습니다.

그러다 우연히 동네 책방에서 만난 《무조건 행복할 것》 (*The Happiness Project*)이라는 책을 읽으면서 저는 거의 충격에 휩싸이는 경험을 했습니다. 이 책을 통해 알게 된 것은 많은 사람들이 적극적으로, 아니 어쩌면 공격적으로 자신의 인생을 기쁨으로 채우기 위해 노력한다는 사실이었습니다. 이 책의 저자는 진지하고 정직하게, 자신의 여러 가지 단점과 장점을 분석하고 자신이 행복해질 수 있는 방법을 매우 구체적으로 찾아갑니다. 그가 어떤 사람들이 행복했는지를 연구하며 행복 찾기 프로젝트를 진행하는 일련의 과정을 지켜보다, 저는 또 한 가지 놀라운 점을 발견했습니다. 매우 현실적이고 종교와는 다소 거리가 먼 뉴요커인 이 여성이, 자신에게 가장 깊은 감명을 준 사람이 다름 아닌 리지외의 테레즈와 성 아우구스티누스였다고 이야기하고 있었습니다. 이 대목은 중요한 진실을 알려주었습니다. 어느 방향에서 시작하든 결국 기쁨이란 영성적인 문제와 맞닿아 있다는 진실을 말입니다.

그러니까 기쁨은 가장 현실적인 문제이면서, 종교, 철학, 문학에까지 맞닿아 있는 영성적인 주제인 것입니다. 제가 여기서 말하는 영성은 삶의 경험을 이해하는 학문으로서의 영성을 의미하며, 그런 의미에서 기쁨은 일상과 초월의 국면을 모두 포함한다고 할 수 있습니다.

그리고 더 나아가서, 기쁨에 대한 다양한 서술들을 살펴보면 공통적으로 삶의 태도와 깊은 관련이 있음을 발견하게 됩니다. 물론 인간은 어떤 목표를 정하고 그것을 이루었을 때 기쁨을 맛봅니다. 예를 들어 신앙적으로 하느님을 체험하거나 부처님의 깊은 법을 깨달을 때 인간은 말로 다 할 수 없는 기쁨을 누리게 됩니다. 하지만 우리의 삶은 대부분 그저 작은 일상의 반복입니다. 그래서 순간순간 의미를 찾는 작업을 게을리하면 어느새 삶이 팍팍해져 있음을 발견하게 되는 것입니다. 우리 모두가 거대한 일을 할 수 없고, 또 그럴 필요도 없습니다. 우리는 작은 것의 아름다움, 잔잔한 것의 위대함을 찾으며 살아야 하고, 그러기 위해서는 감각 훈련이 필요합니다. 그것을 미감 훈련이라고 표현할 수도 있는데, 아름다운 것을 볼 때 우리는 기쁨을 느끼기 때문입니다. 어느 특별할 것 없는 오후, 설거지를 하는 싱크대 위로 비쳐드는 햇살을 만날 때 그 햇살이 가지는 고유한 질감은 우리에게 기쁨을 선사합니다. 이처럼 기쁨은 주어진 환경에서 찾아내는 것이고, 기쁨의 감각은 학습되는 것이라 할 수 있습니다.

나는 기쁨의 이러한 본질들을 염두에 두고, 마치 이 시대에 잃어버린 보물을 찾아가는 작업처럼 기쁨을 찾아가는 책을 쓰려고 합니다. 그것은 눈부시게 새로운 동시에 아득하게 오래된 어떤 것을 찾는 설레는 작업이 될 것입니다. 기쁨은 우리 내면에 있는 어떤 것이기에, 이 책은 그 내면으로 들어가는 지도를 읽는 작업이어야 할 것입니다. 구체적으로 몇 가지 문학 작품을 통해 기쁨이란 무엇인지를 생각해 보고, 기쁨을 훈련하는 영적 연습을 소개하겠습니다. 그리고 일상에서 편안한 상태를 이루어 갈 수 있는 지혜와 일상을 축제로 만드는 창의적 행위로서의 놀이, 삶의 본질을 꿰뚫는 유머의 정신 등에 대해서도 살펴볼 것입니다.

　삶은 죽음을 포용하는 끝없는 내면의 잔치, 고유한 빛과 향기를 발하며 자기 존재를 살아내는 잔치여야 합니다. 그리고 이 잔치에 빠져서는 안 되는 것이 바로 기쁨일 것입니다. 기쁨은 마치 시인 김수열이 말하는 잔치커피와 같습니다.

　　섬사람들은 장례식장에서도

　　잔치커피를 마신다

　　달짝지근한 믹스 커피를

　　섬사람들은 잔치커피라 하는데

　　장례식장에 조문 가서 식사를 마치면

　　부름씨 하는 사람이 와서 묻는다

　　녹차? 잔치커피?

　　잔치커피, 하고 주문하는 순간

　　장례식장 '장' 자는 휙 날아가고

　　순간 예식장으로 탈바꿈한다

명복을 비는 마음이야 어디 가겠냐만

왁자지껄 흥성스러운 잔치판이 된다

보내는 상주도 떠나는 망자도 덜 슬퍼진다

섬에서는 죽음도 축제가 되어

섬에서 죽으면

죽어서 떠나는 날이 잔칫날이다

망자 데리러 온 저승사자도

달달한 잔치커피에 중독이 된다*

　나는 마침표가 없는 이 시를 참 좋아합니다. 삶과 죽음을 고스란히 있는 그대로 받아들이고, 함께 달콤한 커피를 마시는 섬사람들의 사랑법에 마음이 설렙니다. 기쁨을 찾는 일은 아무래도 일상에 숨겨진 시를 찾는 작업인 것 같습니다. 인생의 승부에 지나치게 천착하거나 자기에만 함몰되지 않고 유유히 생을 관조하는 태도, 혹은 날아오르는 기

---

* 〈잔치 커피〉,《물에서 온 편지》(삶창).

쁨에 입맞춤하는 삶의 태도는 훈련 없이는 결코 얻을 수 없습니다.

　너와 내가 함께 어울려 살아가는 이 세상에서 기쁨이 없다면 우리 일상은 기계와 같아지고, 우리는 마치 기름칠이 잘 되지 않은 기계 부품처럼 억지로 뻑뻑하게 살게 될 것입니다. 그래서 바삐 돌아가는 우리 일상의 바퀴를 잠시 멈추고 생의 아름다움을 찾는 작업, 그리고 그 안에서 기쁨의 시를 배우는 이 작업이 독자 여러분께 조금이나마 도움이 된다면 참 좋겠습니다.

읽고 쓰는 작업의 기쁨으로,

박정은

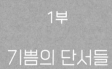

1부

기쁨의 단서들

"내 마음, 왜 이처럼 기쁜가?"

인간이라면 누구나 기쁘게 살고 싶고, 그 기쁨이 영원한 것이기를 바랍니다. 그런데 기쁨이란 무엇일까요? 혹은, 사람은 언제 기쁨을 느낄까요? 그 답은 제각각 다를 것입니다. 어떤 사람에게 기쁨은 소망하는 바를 이루는 것이고, 어떤 사람에게는 돈을 많이 버는 일입니다. 또 어떤 사람에게 기쁨은 명예를 얻는 것이고, 어떤 사람에겐 사랑하는 사람과 함께 있는 일입니다. 이는 각자의 고유한 상황에서 형성된 이해이기에 정답은 없습니다. 또 한 사람에게조차도 그에게 기쁨을 주는 것이 시간이 가면서 바뀌기도 합니다. 즉,

20대의 기쁨과 40대의 기쁨은 다를 수 있습니다.

　제가 발견한 것은, 사람들이 기쁨을 중요한 정서로 여기면서도 정작 기쁨을 표현하는 데는 서투르다는 것입니다. 이스라엘의 시인 예후다 아미차이(Yehuda Amichai)는, 자신의 아픔에 대해서는 정확하게 표현하면서 기쁨에 대해서는 애매모호한 수준으로밖에 표현하지 못하는 인류에 대해 이야기합니다.

　　글을 읽지도 쓰지도 못하는 사람들조차도 자신의 아픔에 대해서는 쥐어짜는 고통이라든지, 뭉긋한 아픔, 째는 듯한 슬픔 등 표현을 잘하지만, 정작 기쁨에 대해 말해 보라고 하면 아주 시시하게 표현한다. …심지어 우주선을 타고 우주를 여행하고 돌아온 사람조차, '말할 수 없을 만큼 굉장했어요!'라고 말할 뿐이다.＊

＊ 예후다 아미차이의 시 〈고통의 정확성과 기쁨의 모호함〉(The Precision of Pain and the Blurriness of Joy) 중에서.

기쁨을 좀 더 정확하고 섬세하게 표현할 수 있다면, 기쁨을 알알이 다 셀 수 있다면, 우리 삶은 훨씬 풍부하고 멋진 일이 되지 않을까요? 뇌과학자들은 인간의 뇌는 생존을 위협하는 조건에서 살아남기 위한 최적의 조건으로 발달해 오면서, 기쁨보다는 슬픔이나 고통을 훨씬 잘 인지하고 기억하도록 진화했다고 이야기합니다. 그것은 즐겁거나 행복한 순간을 기억하기보다는 긴장되고 불안한 상태를 기억하는 것이 궁극적으로 자신을 보호하기에 더 유리했기 때문일 것입니다. 난민 캠프에서 생활한 적이 있는 한 학생은, 그곳에서 억류되었던 기억 때문에 아직도 한 곳에 머무르기가 어렵다고 합니다. 그래서 저는 그와 함께 자주 그때 이야기로 돌아가, "이제 그건 너의 현실이 아니야. 어디론가 떠날 자유도, 머물 자유도 있으니 얼마나 좋아" 하고 거듭 말해 줍니다.

제 기억 속에서 기쁨을 가장 잘 표현한 구절로 남아 있는 것은 〈나는 왜 기쁜가?〉라는 제목의 포콜라레 성가의 한 대목입니다. 포콜라레 운동은 제2차 세계대전 후 부서지고 갈라진 세상에 다리를 놓고자 젊은이들이 일으킨 영성

운동인데, 그들이 부르는 젠 성가 중에 이런 가사가 있습니다.

> 오! 내 마음, 왜 이처럼 기쁜가?
> 오! 온 누리는 왜 이렇게 노래해?

많은 사람들이 죽고 이념으로 갈라졌던 그때, 이 영성 운동가들은 내면에서 나오는 기쁨을 말하고 있었습니다. 비참한 실존 속에 온 인류가 헐벗은 상태에 놓여 있는데, 누군가는 마음 깊은 곳에서 울려나오는 알 수 없는 기쁨을 경험한다는 것이 저는 너무 놀라웠습니다. 그러한 기쁨은 선물일 수밖에 없으며, 그 근원에 대한 궁금증을 촉발합니다.

욕구와 기쁨

기쁨의 근원을 찾아가기 위한 첫 번째 작업으로, 욕구라는 문제를 살펴보겠습니다. 많은 사람들은 무언가를 이루

거나 획득함으로써 기쁨을 느낀다고 말합니다. 국립국어
원의 《표준국어대사전》을 보면, 기쁨이란 "욕구가 충족되
었을 때의 흐뭇하고 흡족한 마음이나 느낌"이라고 정의하
고 있습니다. 인간은 욕망하는 존재입니다. 그리고 사전의
정의대로, 그렇게 욕망하는 사물이나 대상을 얻을 때 내면
에서 일어나는 긍정적 반응을 기쁨이라고 할 수 있습니다.
갖고 싶었던 옷, 꼭 마음에 드는 펜을 사는 일은 기쁨을 줍
니다.

그런데 문제는 우리가 욕망하는 것이 진정 우리가 '원하
는' 것인지를 보장할 수 없다는 데 있습니다. 자크 라캉은
우리가 욕망하는 것이 결국 타자의 욕망이라고 주장합니
다. 물질주의가 만연하고 모든 것이 상품화한 현대 사회에
서, 내가 원하는 것이 순수하게 '내가' 원하는 것인지, 그리
고 나는 내가 무엇을 욕망하는지를 잘 알고 있는지 질문해
보아야 할 것입니다.

우리가 욕망하는 많은 것들은 어쩌면 미디어를 통해 강
요되고 이상화된 이미지일지도 모릅니다. 예를 들어 좋은
차, 젊음과 아름다운 몸매, 명품을 갖기 원하는 것은 과연

누구의 욕구일까요? 타자의 욕구를 따라 느끼는 기쁨의 순간들은 과연 우리 인생에서 얼마만큼의 의미를 가질까요? 라캉은 우리의 욕구가 향하는 이런 대상을 '대상a'라고 불렀는데, 이런 대상은 일시적인 것이며, 욕구는 끊임없이 이 대상에서 저 대상으로 옮겨 갈 뿐이라고 말합니다. 무리해서 어떤 가방을 가졌을 때 잠깐 기쁨을 누리지만 신상품이 나오면 또 갖고 싶어집니다. 혹은 가방을 가지면 다시 구두를 향해 욕구가 옮겨 갑니다. 그러니까 원하는 것을 가지는 것이 기쁨이라고 말하기란 어떤 의미에서 거의 불가능해 보입니다.

또한 어떤 욕구가 충족되었을 때 느끼는 기쁨이 얼마나 오래가는지도 생각해 볼 문제입니다. 어떤 사람들은, 기쁨은 강력하지만 결코 길게 유지되지 않는 감정이라고 주장합니다. 실제로 어떤 연구에 따르면 원하는 것을 얻은 기쁨이 유지되는 기간은 최대 3개월이라고 합니다. 과연 기쁨을 그렇게 계량화할 수 있는가 하는 의문이 들지만, 시간이 지날수록 기쁨이 약화된다는 것은 보편적 사실입니다.

새로움은 기쁨을 만드는 동력이 됩니다. 뇌과학에서 보

면, 좌뇌와 우뇌의 중앙에 위치한 흑색질과 복측피개영역은 기쁨과 관련되는 도파민이라는 신경전달물질이 생성되는 곳인데, 새로운 자극이 주어질 때 활동성이 강화된다고합니다. 간단히 말해 우리 뇌는 익숙한 것보다는 새로운 아이디어나 자극을 훨씬 더 선호한다는 뜻입니다. 지금 어떤 대상으로 인해 생겨난 기쁨은 시간이 지나면 옅어지기 마련인 것입니다. 사랑을 새로 시작한 사람들은 처음에는 무척 들뜨고 행복하지만, 이 아찔한 흥분 상태는 점차 사라져 갑니다.

저는 단팥빵을 아주 좋아합니다. 달달한 맛과 더불어 어린 시절의 추억들, 이를테면 성당 주일학교 행사 때나 중고등학생 시절 빵집에서 친구들과 맛있게 먹었던 기억들 때문에, 세련되게 멋을 낸 요즘 빵들보다 더 좋아하는 편입니다. 그럼에도 불구하고, 가끔 가는 한국 수퍼마켓에서 장을 볼 때 단팥빵을 한 개 이상 사는 일은 없습니다. 두 번째 빵을 먹을 때부터 그 추억의 맛이 반감하기 때문입니다. 욕심을 부리다가 추억이 깃든 이 특별한 빵을 먹는 즐거움을 잃고 싶지 않은 까닭입니다.

한마디로 우리 자신도 우리의 욕구를 진정으로 잘 알 수 없고 욕구를 만족시킨다 할지라도 그 기쁨이 일시적이라는 점에서, 욕구 충족을 통해 기쁨의 의미를 찾는 데는 한계가 있어 보입니다.

행복과 기쁨

행복과 기쁨 사이에는 어떤 관계가 있을까요? 웹스터 사전(*Webster's Dictionary*)은 기쁨을 네 가지로 풀어서 정의하고 있는데, 그중 세 번째 정의가 바로 '행복한 상태'(a state of happiness or felicity)입니다. 기쁨을 느낀다는 것은 곧 행복한 상태에 있다는 뜻입니다. 이는 편안하고 느긋하며, 분노나 두려움이 없는 상태, 대체적으로 만족스러운 상태를 말하는 것이겠지요. 행복과 관련된 여러 책들을 보아도 이처럼 행복과 기쁨이라는 단어가 동일한 의미로 사용되는 경우가 많습니다.

티베트 불교 지도자 달라이 라마는 행복(happiness)과 기쁨(joy)을 구분합니다. 행복은 외적인 조건에 의해서 얻어지는 반면, 기쁨은 내면에서 일어나는 마음의 반응이라는 것입니다.* 외적으로 원하는 것을 다 가진 사람이 꼭 기쁘다는 보장은 없고, 또 외적 결핍에 처했다고 해서 반드시 기쁨이 박탈되는 것도 아닙니다. 많은 사람들이 외적으로 훌륭한 조건을 충분히 갖추지 못합니다. 그런데 만약 기쁨이 내면의 반응이라고 한다면, 누구나 외적 조건과 상관없이 기쁨을 누릴 수 있다는 말일 것입니다. 저는 이 접근에 대해 개인적으로 마음이 놓입니다.

한편 성서를 토대로 보자면, 행복은 근원적인 내면의 상태이고 기쁨은 그 행복감의 현현이라고 저는 생각합니다. 신약성서 마태오복음 5장에서 예수님은 하늘나라를 사는 사람이 행복하다고 말씀하십니다. 욕심이 없고 평화를 추구하며 온유한 마음 상태를 그분은 하늘나라에 거하는 행복이라 이야기하십니다. 그렇다면 자신이 그런 행복한 상

---

* 달라이 라마, 데스몬드 투투 외,《JOY 기쁨의 발견》(*The Book of Joy*, 예담), pp. 46-50.

태에 있다는 것을 어떻게 알 수 있을까요? 그것이 바로 기쁨입니다. 삶의 기본 조건이라고 할 수 있는 슬픔 속에서도 기쁨을 누리는 사람이 있다면, 그는 곧 하늘나라를 살고 있는 사람일 것입니다. 비슷하게 불교에서도 '열락'(悅樂)을 이야기합니다. 열반이란 슬픔 속에 있는 맑은 기쁨을 만나는 경지를 일컫는 것입니다. 이 기쁨은 슬픔과 고난의 실존 한가운데서도 경험할 수 있고, 삶의 어려움을 건강하게 지나갈 수 있도록 도와주기도 합니다.

이처럼 기쁨은 행복과는 좀 다른 결을 지니는 단어입니다. 행복이 좀 더 포괄적인 삶의 질에 관한 것이라면, 기쁨은 순간순간 발견되는 혹은 찾아야 할 삶의 에너지라고 볼 수 있겠습니다. 그렇다면 기쁨을 찾아가기 위한 어떤 마음의 훈련들이 반드시 존재할 것이며, 이 책의 제2부에서는 그와 관련된 내용들을 구체적으로 다루도록 하겠습니다.

예기치 못한 기쁨

그리스도교 작가들 중에서 기쁨이라는 주제를 잘 다루었다고 생각하는 사람은 C. S 루이스입니다. 그는 《예기치 못한 기쁨》(*Surprised by Joy*)이라는 책에서, 기쁨이란 궁극적 실재인 하느님의 외양을 찾아낼 때 느끼는 감정이라고 설명합니다. 즉 기쁨이란 영성적 감수성(spiritual perception)이라 할 수 있습니다. 그것은 눈에 보이는 현실 너머를 알고픈 갈망과 연결되고, 선을 향해 솟구쳐 오르고자 하는 상상력을 요구합니다.

루이스가 이해한 기쁨은 어떤 개념으로 가두어 둘 수도, 어디서 오는지 알 수도 없는 것이며, 현세적 욕망이 채워질 때 느끼는 감정과는 확연히 다른 것입니다. 그것은 달콤한 동시에 씁쓸하고, 즐거움과 슬픔이 함께 있는 것입니다. 이런 종류의 기쁨은 우리가 결코 통제할 수 없는 것이기에, 누구든 그 예기치 못했던 기쁨을 맞닥뜨린다면 놀라움으로 반응할 수밖에 없을 것입니다. 상상력을 통해 신의 그림자를 찾아가면서 얻는 이 기쁨은 우리를 더 높고 깊은 차원에서 진정한 인간이 되어 가게 할 것입니다.

또한 키르케고르(Kierkegaard)는 "기쁨은 현존에 강조점을 둔 현재형이다"라고 말했습니다. 그에게 기쁨은 시간 속의 순간을 살아가는 우리에게 영원을 비추어 주는 어떤 섬광 같은 경험입니다. 너무나 평범한 매일의 일상 속에 숨어 있는 보물이어서, 마치 보물찾기를 하듯 찾아야 하는 것일 수도 있겠습니다. 그 작은 기쁨들은 영원하고 아름다운 것, 혹은 진리를 가리키고 있기에 거룩함을 찾는 영적인 태도와 깊은 관련이 있습니다.

네덜란드 출신의 유대인 여성 에티 힐레숨(Etty Hillesum)은, 나치 수용소에서 마지막 순간까지 과거에 집착하거나 미래에 대한 공포에 매몰되지 않고 매 순간을 친절과 상냥함으로 폭력에 대항했던 인물입니다. 그녀는 수용소 안에 무심히 피어난 노란 꽃의 아름다움을 보며 기쁨을 느낍니다. 그것은 영원을 만나는 순간이었고, 그래서 진정한 기쁨을 그녀에게 선물했던 것입니다. 철저하게 어두운 외적 조건에 대한 내면의 긍정적 반응은 기쁨이 무엇인지를 보여 주는 좋은 예가 됩니다. 기쁜 사람이 모두 성인은 아니지만, 최소한 삶을 풍성하게 살아가는 사람이라고 할 수는 있을 것 같습니다.

변화하는 기쁨의 언어들

서구 문화와 역사에 상당 부분 영향을 끼쳐 온 그리스도교 신앙은 기쁨을 성령의 열매라고 규정해 왔고, 그리스도교 영성과 철학 서적들은 이를 전제로 기쁨을 이야기하는 경우가 많습니다. 자기를 초월하는 기쁨, 혹은 결핍의 상황에도 불구하고 누리는 기쁨을 인류는 주로 종교의 언어로 다루어 왔습니다.

제임스 조이스(James Joyce)의 《젊은 예술가의 초상》(*A Portrait of the Artist as a Young Man*)에는, 가톨릭 신앙을 가진 20세기의 젊은이가 등장합니다. 작가는 그 젊은이가 느끼는 죄와 방황을 잘 그려냈는데, 눈여겨볼 것은 그가 느끼는 기쁨과 우울이 죄의 이해와 함께 상세히 묘사되고 있다는 것입니다. 비슷하게 윤동주의 시 〈십자가〉에도, 도저히 기쁨이 불가능한 삶의 조건 속에서 승화된 기쁨이 행복이라는 모순적인 의미로 깊이 있게 표현되고 있음을 발견합니다.

쫓아오던 햇빛인데
지금 교회당 꼭대기
십자가에 걸리었습니다.

첨탑이 저렇게도 높은데
어떻게 올라갈 수 있을까요.

종소리도 들려오지 않는데
휘바람이나 불며 서성거리다가

괴로웠던 사나이,
행복한 예수 그리스도에게처럼
십자가가 허락된다면

모가지를 드리우고

꽃처럼 피어나는 피를

어두워 가는 하늘 밑에

조용히 흘리겠습니다.

　그리스도교에서 기쁨은 그리스도의 구원의 삶을 따라가
는 것입니다. 그래서 이 시는 괴로웠던 사나이, 그러나 행
복한 예수 그리스도처럼 살아가겠다고 결심하고, 그것이
진정한 기쁨이라고 이야기하고 있습니다. 불교에서는 번
뇌를 없애고 삶의 본질인 무(無)를 있는 그대로 직면하는
것을 기쁨으로 이해합니다. 그래서 세속의 무수한 번뇌와,
명상과 참선을 통해 평화를 얻은 구도의 과정을 다루는 작
품들이 많습니다.

　전통적으로 기쁨에 대한 문학적이고 시적인 표현은 대체
로 종교적인 색채를 띠었고, 사람들은 그런 표현들에 매우
익숙해 있었습니다. 그런데 현대 문화는 더 이상 종교적 감
성으로 이 주제를 이야기하지 않는 것 같습니다. 이제 사람
들은 보이지 않는 어떤 것이 아니라 시각적인 이미지로 기

쁨을 이야기하고 싶어 합니다. 자기중심적인 사고를 벗어
난 초월적 차원의 기쁨은, 이제 개인이 경험하는 실제적인
기쁨과 현재 세상에서 누리는 기쁨에 대한 담론으로 변해
가고 있습니다.

최근에는 기쁨이라는 감정과 상태가 신경과학의 용어로
훨씬 많이 표현됩니다. 그러다 보니, 마음에 관한 이야기가
심장에서 머리로 그 중심이 옮겨 간 상황입니다. 신경과학
관련 글들을 보면, 인간은 누구나 기본적인 정신 모델(the
mental model)을 만든다고 합니다. 어려서부터 축적된 경험
과 생활 환경, 뇌에 깊은 기억을 남긴 사건들을 통해 만들
어진 이 기본 모델은 신경이 전달되는 고유한 길을 만들고,
이 패턴은 그 사람이 사고하고 판단하는 방식을 형성하게
됩니다. 그렇게 우리는 별 생각 없이 어떤 상황을 우울한
일이라거나 즐거운 일이라는 식으로 판단하게 됩니다. 그
러다가 이후 인생에서 새롭게 겪는 강한 체험들을 통해 모
델은 조금씩 바뀌어 갑니다. 그런데 많은 경우, 이런 언어
들은 깊은 설명을 생략하는 경향이 있습니다. 뇌의 어느 부
분에서 신경전달물질이 나온다는 식의 설명이, 궁극적으

로 삶의 기쁨이란 무엇이고 어떻게 형성되는 것인지를 충분히 설명하지는 못하는 것 같습니다. 단지 감정을 좀 더 객관적으로 설명하고 이전에 철학이나 종교에서 제공하던 설명을 대신하는 역할을 하고 있다고 보면 되겠습니다.

효율성이 지배하는 일상의 대화에서도 기쁨이 차츰 사라져 가는 것 같습니다. 어떻게 하면 아름다운 얼굴과 몸매를 가질 것인가, 어떻게 실용적인 방법으로 삶을 통제함으로써 기쁨을 누릴 것인가 하는 식의 자기계발 담론이 지배적이고, 감정과 느낌에 대한 사색적 대화는 점점 줄어드는 것 같습니다.

저는 이런 상황들을 지켜보면서, 종교적·영성적 맥락에서든 과학적 맥락에서든, 의미를 찾음으로써 삶의 질을 향상시켜 주는 기쁨에 대한 이야기들이 더 많이 나와야 한다는 생각이 듭니다. 데이비드 윌슨(David S. Wilson) 같은 종교학자는, 종교적 언어가 사라진 세상에서 자기라는 범주를 벗어난 초월적 기쁨은 결국 인류애나 사랑 같은 보편적 진리, 사회정의와 공동선을 추구하는 담론으로 대체된다고 주장합니다. 그렇다면 우리 앞에 놓인 과제는, 지금 변화하고 있는 이야기들과 풍요로운 기쁨의 경험들을 수집하여, 숨겨진 기쁨의 영성을 찾아내는 일일 것입니다.

2

빨강머리 앤과 기쁨의 하얀 길

세상에는 훌륭한 문학 작품이 정말 많지만, 저에게 생의 기쁨을 감동적으로 가르쳐 준 작품은《빨강 머리 앤》과 다음 장에서 다룰《그리스인 조르바》입니다.

　이 주인공들이 삶을 대하는 태도는 놀이처럼 가볍고, 동시에 진지하고 시적입니다. 그래서 아름답습니다.

어둠 속에서 창조된 빛나는 캐릭터

한국에서는 만화영화로 많은 사랑을 받았던 《빨강머리 앤》은 캐나다의 여성 작가 루시 모드 몽고메리(Lucy Maud Montgomery)가 지은 소설입니다. 몽고메리는 프린스에드워드 섬에서 목사의 아내로 힘겨운 삶을 살다 우울증에 시달리고, 결국 자살로 삶을 마감했다고 추정되는 비운의 여성입니다. 여성이 자신의 목소리를 내고 고유한 삶을 사는 것에 대해 세상이 아직 준비되어 있지 않았던 때, 기자로 활동하며 글을 쓰던 그에게 삶은 호락호락하지 않았을 것 같습니다. 재능 있는 여성이 19세기 말 보수적인 시골 장로교 목사의 아내로 산다는 것은 얼마나 힘든 일이었을까요?

어렸을 때 《빨강 머리 앤》은 저에게 그저 재미있고 기분 좋은 책 정도였는데, 작가의 생애 이력을 알고 나서 이 작품이 제 마음을 사로잡기 시작했습니다. 작가가 삶의 실존적 어둠 속에서 창조한 빛나는 캐릭터, 앤이라는 인물을 더욱 사랑하게 된 것입니다. 슈베르트는 세상에서 가장 아름다운 음악 중 하나로 손꼽히는 〈아르페지오네를 위한 소나타〉를 작곡했는데, 이 곡은 삶이 너무 슬퍼서 밤 새워 울다가 세상의 모든 슬픈 사람들을 위로하기 위해 쓴 것이라고 합니다. 어쩌면 루시 몽고메리가 창조한 앤 셜리도, 상상력을 통해 외로움을 극복해 간 자기 삶의 절절한 기록이자 다른 이들을 위한 위로의 노래일지도 모르겠습니다.

《빨강 머리 앤》은 원래 여러 권으로 펼쳐지는 긴 이야기지만, 저는 말라깽이에다 주근깨투성이, 그리고 홍당무처럼 빨간 머리를 가진 열한 살짜리 고아 앤이 성장하여 교사가 되는 첫 번째 책 《초록 지붕 집의 앤》(Anne of Green Gables)을 중심으로 이야기하려고 합니다.

상상할 거리

감수성이 발달한 열한 살 고아 여자아이가 생각지 않게 프린스에드워드 섬의 에이번리 마을로 오게 된 뒤 독립적이고 당당한 젊은 여성으로 성장해 가는 과정을 그린 이 책을, 저는 육십을 바라보는 나이에도 마음이 우울할 때면 꼭 펼쳐 봅니다. 이 책을 읽다 보면 유독 눈에 띄는 단어가 있습니다. 제가 가진 영문본에는 'the scope of imagination'(상상할 거리)이라는 단어가 강조체로 되어 있기 때문입니다. 고아로 노동하며 외롭게 살았던 앤 셜리가 기죽지 않고 아름답게 성장할 수 있었던 것은 이 상상력 때문이었겠다는 생각이 듭니다.

이 책을 읽다 보면 마치 프린스에드워드의 아름다운 경관을 직접 보며 산책하고 있는 듯한 착각이 드는데, 앤의 상상력은 일상에 보내는 애정 어린 시선에서 오는 것 같습니다. 저는 몇 년 전 친구들과 토론토에서 차를 몰아 프린스에드워드 섬에 간 적이 있습니다. 빨강머리 앤이 상상했던 그 아름다운 세상이 너무 보고 싶어서였습니다. 실제로 프린스에드워드 섬은 고즈넉한 아름다움을 간직한 곳이었습니다. 앤의 반짝이는 시각으로 그 작은 마을을 보며 산책하다 보니, 마치 앤이 저만치서 걸어올 것 같은 느낌이 들었습니다. 마치 보물을 보듯 주변을 하나하나 관찰하고 아름다움을 발견해 간 저자의 눈길이 느껴졌습니다.

제가 이 이야기에서 가장 인상적으로 기억하는 부분은,

앤이 토마스 아저씨네 집에 살 때 너무 외롭고 친구가 없어서 상상의 친구를 만들었다는 대목입니다. 앤은 옷장 유리에 비친 자기 그림자와 대화하며 관계를 만들어 갑니다.

거울 속에 비친 자신의 모습은 자아상이라고 볼 수 있습니다. 그런 자아와 가장 깊은 친구가 된다는 것은 단순히 그림자와 친구가 된다는 것을 넘어, 누구도 사랑해 주지 않는 환경에서 상상력을 의지해 긍정적인 자아상을 가지게 되는 과정일 것입니다. 그녀는 유리에 비친 자신에게 케이트 모리스라는 멋진 이름을 지어 주고, 자신이 보낸 하루에 대해 함께 이야기를 나눕니다. 그러니까 이 어린 소녀는 상상을 통해 자기 삶을 성찰하고, 일상에서 얻는 느낌을 통해 자신을 사랑하는 법을 배워 갔던 것입니다.

이것은 마치 내면의 자아와 연결되는 법을 배우는 영성 훈련과 같다는 생각이 듭니다. 영적 지도나 피정 지도를 하다 보면, 영혼의 맨바닥에서 외롭고 버림받은 것 같은 자아를 만나 당황하는 사람들을 자주 봅니다. 무조건적인 자기 사랑이 너무 지나쳐 자기도취에 빠진 사람은 주변 사람을 당황스럽게 하지만, 반대로 소외되고 부정된 자아상을 가진 사람은 주위에 짙은 그늘을 드리우는 것 같습니다. 자신을 깊이 받아들이고 사랑하지 못하는 사람이 타인을 사랑하고 공감하기란 거의 불가능하기 때문입니다. 영혼 속에 웅크린 어린아이와 친구가 되는 일은 언제나 누구에게나 중요한 영적 숙제입니다.

앤과 친구가 된 케이트 모리스, 그러니까 유리에 비친 앤의 자아는, 라캉 심리학에서 보면 완전한 상을 보여 주는 자아입니다. 아기가 실제로는 자기 몸을 가누거나 통제할 수 없지만, 거울에 비친 상은 모든 것이 다 갖추어진 상태로 보입니다. 그리고 이렇게 이상적으로 비치는 대상이 바로 자신이라고 알려주는 이는 어머니 혹은 아기를 돌보는 사람입니다. 비록 이것이 환상이라고 해도 우리에게는 그런 자아상이 필요합니다. 우리가 완전하지 않더라도, 누군가에게 '너는 훌륭하다' '너는 아름답다'는 말을 들으면서 이상적인 자아(ideal ego)를 만들어 가는 것입니다.

그러니까 이 상상의 작업을 통해, 앤은 자신과 긍정적 관계를 맺는 법을 배워 가고 있었던 것입니다. 앤은 나중에 해먼드 아주머니 댁에 살 때도 골짜기의 메아리와 친구가 됩니다. 아무도 상대해 주는 이 없는 외로움 속에서, 앤은 골짜기에서 자기 이야기를 들어 주는 메아리를 친구로 삼은 것입니다. 그는 메아리에게 비올레타라는 이름을 붙여 주고, 무슨 이야기를 해도 그대로 되받아 주는 비올레타에게 고마움을 전합니다. 그리고 해먼드 아주머니의 집을 떠날 때도, 비올레타를 잊지 않겠다고 말해 줍니다. 이 어린이가 자신과의 공고한 관계를 통해 앞으로 삶에서 다가올 관계들에 얼마나 감사하고 또 성실할 것인지를 앞서 보여 주는 장면입니다.

더 나아가, 앤은 상상을 통해 자연이나 사물과도 친밀한 관계를 가꾸어 갑니다. 처음 에이번리에 오던 날 앤은 꽃이 만발한 가로수길을 걸어갔는데, 비록 다시 고아원으로 갈지 모르는 상황이라 해도 이 아름다운 곳을 기쁨 없이 그냥 지나는 것은 낭만적이지 않다며 '기쁨의 하얀 길'이라는 이름을 붙여 줍니다. 그렇게 해서 그냥 멋진 가로수길이었던 그 길은, 기쁨의 길이라는 전혀 다른 고유한 길이 됩니다. 또 동네의 호수를 지나면서 그 아름다움에 감격한 앤은 '반짝이는 호수'라고 이름을 지어 줍니다. 동네 사람들에게는 늘 거기에 있는 평범한 호수지만, 앤에게는 햇빛을 받아 찰랑이는 이곳이 그저 단순한 호수가 아니었던 것입니다. 그리고 처음 만난 매튜 아저씨에게 그 가슴 울렁이는 감격에 대해 얘기합니다. 이름을 지어 준다는 것은 관계를 맺는다는 것이고, 그래서 자기 생에 의미가 찾아오는 순간이 됩니다.

저는 제가 가지고 있는 물건에 좀 관심이 없는 편입니다. 좋게 말하면 집착이 없고 나쁘게 말하면 마음이 없는 편인데, 늘 앉아 공부하는 의자에게 이름을 붙여 주기로 했습니다. 십 년이 넘도록 나를 지지해 준 그 의자를 너무 홀대했구나 하는 생각이 들어서였습니다. 그래서 나는 그 의자를 '몽셸 뚱땡이'라고 부릅니다. 이는 '나의 친애하는 뚱땡이'라는 뜻입니다. 이 의자는 좀 넓적한 편에 쿠션이 솟아 있어 언제나 푸근하게 느껴지기 때문입니다. 컴퓨터도 낡은 책장도, 묵묵히 나를 둘러싼 좋은 환경이 되어 주었기에 이들에게도 멋진 이름을 붙여 주어야겠다는 생각이 들었습니다. 집 밖으로 나가면 눈에 들어오는 아름다운 꽃과 나무와 돌은 또 얼마나 한결같은 감동을 주는지요. 이들에게도 매일매일 새로운 이름을 지어 주면 좋겠다는 생각을 해 봅니다.

앤은 상상력을 통해 자신만의 내면 세계를 이루어 갑니다. 그녀가 처음 초록 지붕 집으로 와서 기도를 바치는 장면은 정말 재미있습니다. 기도문의 형식을 모르는 앤이 편지의 마무리처럼 '앤 셜리 올림'(sincerely yours)이라고 끝맺으며 하느님께 기도를 바치는 장면에서, 앤이라는 캐릭터의 매력이 물씬 드러납니다. 이 장면의 기도는 제가 여태까지 보았던 기도들 중 가장 아름다운 기도 중 하나입니다. 앤은 '친애하는 하느님께'라고 수신자를 언급한 후, 자기가 만난 자연의 아름다움을 하나하나 이야기합니다. 그리고 자기의 빨간 머리와 주근깨를 없애 주시고, 이 초록색 지붕 집에서 살게 해 달라고 청원합니다. 이렇게 자신의 열등감과 바람, 자신이 발견한 세상의 아름다움을 솔직하게 말할 수 있다면 그것이 곧 기도요 성찰이며, 영혼이 부르는 노래라고 저는 생각합니다.

앤이 초록 지붕 집에서 첫날밤을 보내고 일어나 이것저것 호기심 어린 눈으로 살펴보다 문득 한 그림에 눈길이 멈

춥니다. 아이들이 예수님께 다가가는 그림인데, 그 그림 속에서 예수님께 당당히 다가가지 못하고 멈칫대는 한 아이를 봅니다. 누군가에게 사랑받는다는 확신을 가지지 못한 앤은 이 아이에게서 자기의 모습을 발견합니다. 앤은 상상을 통해 이 그림 속의 한 장면으로 들어가 자기를 바라보면서 자신의 모습을 자연스럽게 성찰하고 있습니다. 마치 상상으로 기도하는 이냐시오 기도를 보는 것 같습니다. 저는 이냐시오 영성 수업에서 상상을 사용하여 기도하는 방법을 강의할 때, 앤이 그림과 대화하는 이 장면을 예로 소개하기도 합니다.

앤의 상상력은 여백의 미학을 낳습니다. 앤이 처음 도착해서 자기 방을 가지게 되는데, 그곳에는 앤이 즐겨 상상하던 예쁘고 사랑스런 물건들은 없습니다. 그저 깨끗하고 단순한 방일 뿐입니다. 앤은 처음에 실망하지만, 곧 상상을 하기 시작합니다. 그리고 이 상황을 오히려 즐기게 됩니다. 이후에 앤은 자신이 상상했던 모든 것을 갖춘 요안나 할머니 집에서 하루를 머물 기회를 얻는데, 처음에는 흥분하지만 이렇게 다 갖춘 방은 상상할 거리가 없다는 것을 깨닫습니다. 무엇인가를 가져야 더 행복해진다고 믿는 현대인들에게 앤은 호기심에 찬 눈을 반짝이며 '이렇게 멋진 물건들로 방을 가득 채운 당신은 기쁜가요?' 하고 물을 것만 같습니다. 가지지 않음으로써 기뻐할 수 있는 앤의 상상력은 소비와 물질 중심의 삶에 중독된 우리에게 많은 것을 가르쳐 줍니다.

앤의 이러한 상상력은 매우 긍정적인 사고를 기초로 합니다. 긍정적인 사고는 어려움을 잘 받아들이는 힘을 주고, 더 나아가 삶에 대한 탄력성을 제공합니다. 앤이 검은 머리나 금발을 꿈꾸며 염색을 했다가 머리가 초록색으로 바뀌어 고통을 겪은 후, 이젠 그런 허영을 버리고 "나는 내가 되겠다"고 말하는 장면은 유독 제 마음이 오래 머무는 부분입니다. 또 매튜 아저씨가 갑작스레 돌아가시고 마릴라 아주머니의 시력이 약해지고 있음을 알게 된 앤은 기꺼이 대학 진학을 포기하고 그 동네의 교사가 되기로 합니다. 그 순간에도 앤은 슬퍼하거나 주저함이 전혀 없습니다. 아마도 많은 사람이 이 명대사를 기억하고 있을 것입니다.

이제 전 길모퉁이에 이르렀어요. 모퉁이를 돌면 뭐가 나올지는 모르지만 가장 좋은 것이 있다고 믿을 거예요. 어떤 길이 이어질지, 어떤 새로운 풍경과 새로운 아름다움이 기다리고 있을지, 저 멀리 어떤 구부러진 골짜기가 펼쳐질지 궁금하거든요.

우리 역시 인생을 살면서 이런 길모퉁이에 서게 되는 순간이 있습니다. 한 치 앞을 내다볼 수 없을 때, 그 불확실함 속에서 내 생을 비추어 줄 어떤 아름다움이 기다리고 있다고 믿는 것, 그것은 우리 삶을 축제로 만드는 힘일 것입니다.

관계 맺기

자신 외에는 친구가 없었던 앤은 차츰 친구를 만들며 건강하게 균형 잡힌 여성으로 꾸준히 성장해 갑니다. 이 과정에서 특히 여성들과의 관계가 눈에 띕니다. 캐럴 길리건(Carol

Gilligan)은《다른 목소리로》(*In a Different Voice*)라는 유명한 저서에서, 여성은 다른 여성들과의 친밀한 관계를 통해 한 층 더 성장할 수 있다고 이야기합니다. 이 주장은 가부장적인 세상에서 살아가는 수많은 여성들의 삶을 관찰하고 얻은 연구 결과입니다. 이 연구는 특히 엄마나 언니들과 좋은 관계를 누리는 여성들이 비교적 더 현실감각이 있고, 타인을 배려하며, 성공적인 삶을 누린다고 결론을 내립니다.

관계란 자기의 외연입니다. 관계를 맺음으로써 우리는 사랑하는 법과 공감하는 법, 그리고 누군가를 신뢰하는 법을 배웁니다. 앤이 맺은 여러 관계들 중 가장 기억나는 것은 물론 앤의 착한 친구 다이애나와의 우정입니다. 앤은 다이애나와 손을 잡고, 물이 흐른다고 상상하며 우정의 맹세를 합니다. 그리고 자신의 생각과 상상을 나눕니다. 특히 앤은 다이애나를 통해 자신의 능력을 많이 발견하게 됩니다. 앤의 풍부한 정서와 상상력은 다이애나와 함께하면서 더 빛을 발하고, 함께 음악회나 시 낭송회에 가는 등 문화적인 경험도 많이 하게 됩니다. 그런데 이 우정이 아름다운 것은 결국 서로를 위하는 진정한 마음일 것입니다. 앤도 다이애나도 서로에게 가장 좋은 것을 주려고 노력합니다. 우리가 살면서 많은 사람들과 우정을 맺지만, 친구라는 아름다운 이름은 벗에게 가장 좋은 것을 주고 싶은 마음이 있을 때만 쓰는 칭호입니다. 나의 가장 좋은 면이 가려질세라 걱정해 주고, 더 좋은 사람이 되도록 도와주는 사람을 우리는 친구라고 부릅니다.

또한 마릴리와의 아름다운 관세도 떠오릅니다. 앤의 꾸밈없는 성격은 마릴라로 하여금 경직되고 딱딱한 삶의 태도에서 벗어나게 도와줍니다. 엄격한 기독교 정신을 지닌 마릴라는 자신의 감정을 드러내지 않고 잘 짜인 질서와 규칙을 선호하는 사람입니다. 그런데 앤의 즉각적인 표현과 자연스러움을 보며 마릴라는 꾹 눌러 놓은 마음과 감정의 흐름을 자유롭게 느끼게 됩니다. 마릴라는 얼핏 보기에 앤을 차갑게 대하는 엄격하기만 한 보호자지만, 사실 그녀의 사려 깊은 태도는 앤의 영혼에 깊은 안정감을 줍니다. 할 수 있는 것과 할 수 없는 것을 구별하는 기준을 제공하고, 신뢰할 수 있는 타자를 경험하게 해 줍니다.

처음에 앤이 아주머니라 부르겠다고 말할 때, 그녀는 그저 마릴라라고 부르라고 합니다. 이는 얼핏 들으면 거리감을 두는 말 같지만, 둘 사이의 이러한 호칭은 동등한 관계를 보여 줍니다. 마릴라는 한 번도 결혼해 보지 않은 독신 여성인데, 앤을 돌보고 보호하고 사랑함으로써 모성의 역할이 주는 행복을 체험하게 됩니다. 앤은 마릴라에게 학교에서 있었던 일, 친구 이야기, 선생님 이야기, 또 자연의 아름다움에 관한 이야기 등 자신이 체험하는 모든 것들을 이야기합니다. 그러다 어느 날은 교회 목사님의 설교가 정말 지루하다고 말하기도 합니다. 물론 마릴라는 앤에게 그런 말은 하지 말라고 하지만, 속으로는 자신이 하고 싶었던 이야기임을 깨닫고 웃음을 참느라 입꼬리가 올라갑니다.

마릴라라는 인물을 배제하고서는, 아름다운 여성으로 성장해 가는 앤을 상상할 수 없습니다. 앤 셜리와 마릴라의 관계를 보면서, 저는 돌아가신 어머니를 생각합니다. 학교에서 돌아오면 저는 언제나 선생님과 친구들, 통학길에서 생긴 일 등을 아주 자세하게 이야기하곤 했습니다. 어머니가 저녁을 준비하시는 동안 나는 늘 곁에서 이야기를 했었는데, 어머니는 막내의 심각한 문제들을 듣고는 늘 "괜찮다. 그거 아무것도 아니야"라고 말해 주셨습니다.

에이번리 교회에 부임해 온 엘렌 목사의 부인도 있습니다. 교리를 외우기보다 학생들과 대화를 나누는 방식으로 진행하는 주일학교를 좋아한 앤은 삶의 여러 중요한 결정의 순간에 엘렌 부인을 찾아가 의논하곤 합니다. 그런데 이 목사 사모님은 이름이 없습니다. 그저 남편의 성을 따라 엘렌 사모님이라고 불릴 뿐입니다. 앤은 엄격하고 전형적인 모습의 목회자가 아니라 정겨운 성품을 가진 그녀를 좋아하고 존경하며 따릅니다. 소녀들에게 꿈을 심어 주고 그 꿈을 이루도록 도와준 이 여성은 사실 저자 루시 몽고메리 자신의 모습일지도 모르겠습니다.

앤의 삶에 깊은 영향을 준 또 한 사람의 여성은 이 시골의 조그만 학교에 부임한 스테이시 선생님입니다. 학생들에게 표현의 자유를 주고 학문적인 호기심을 자극하는 스테이시는 옷도 유행에 맞추어 입는, 한마디로 세련된 여성이었습니다. 앤은 스테이시 선생님과의 관계를 통해, 당시 여성에게 주어지지 않았던 기회, 즉 대학에 가고 전문적인 경력을 쌓는 삶에 대한 꿈을 꾸게 됩니다. 여성에게 참정권

이 없었고 많은 여성들이 기독교의 덕목인 착한 아내와 좋은 엄마로서의 삶 외에 다른 가능성을 생각할 수 없었으며 자기 목소리를 제대로 찾지 못하던 시절에 이 책이 쓰였음을 다시 생각해 보면,《빨강 머리 앤》은 여성주의 소설로 재조명할 필요가 있어 보입니다.

저도 삶을 돌아보면 좋은 멘토가 되어 주셨던 선생님들과 수녀님들이 많습니다. 특히 미국에서 수도생활을 할 때 저를 애정으로 이끌어 주시고 지혜를 나누어 주신 많은 수녀님들께는 아무리 감사를 드려도 부족합니다. 앤이 삶의 여러 순간에 엘렌 부인과 이야기를 나누면서 성장해 갔듯이 저 역시 소중한 분들의 지지를 통해 여기까지 왔다고 할 수 있습니다. 그런데 냉정하게 돌아보면, 더 많은 멘토를 만날 수도 있었을 텐데 어떤 때는 완고함 때문에, 어떤 때는 오만함 때문에 누군가가 들려준 지혜를 놓쳐 버린 적도 많은 것 같습니다. 겸손한 마음과 열린 마음으로 지금 이 순간 내게 오는 지혜가 무엇인지 분별하고 멘토를 찾는 능력이야말로, 풍요로운 관계 안에서 성숙해 가는 기쁨을 얻기 위해 반드시 필요한 능력이 아닐까 생각합니다.

마지막으로, 앤이 관계를 통해 삶의 기쁨을 유지하는 방법은 끝내기와 새롭게 시작하기입니다. 모든 사람과 늘 좋은 관계를 유지한다는 것은 아주 드문 축복입니다. 살다 보면 사랑함에도 불구하고 계속 삶을 짓누르는 관계들이 있습니다. 에이번리에 온 후로 앤은 조시 파이의 독설로 계속 상처를 받습니다. 너는 안 될 거라는 둥 고아일 뿐이라는 둥 매사에 부정적인 말로 마음을 긁는데, 점차 친구를 얻고 삶의 방향을 찾아가는 앤을 향한 조시의 질투일 수도 있을 것입니다. 앤은 조시 파이가 힘들면서도 극도의 노력을 합니다. 같이 상급학교에 진학할 때도 고향 친구라는 이유로 부정적인 그의 말을 받아 줍니다. 그러다 결국은 삶의 큰 전환점 앞에서, 자신은 조시 파이를 좋아하려고 노력하지 않겠다고 선언합니다.

누군가를 친구로서 사랑하기 위해 노력을 하고도 그 관계가 자신의 삶에 독이 됨을 깨달을 때 그것을 끝내는 용기는, 자신의 고유한 삶을 당당히 살아가는 첫걸음입니다. 어떤 관계가 자신의 삶에 부정적인 방식으로 작용한다면, 친구로서 의리를 지키고 사랑해야 한다는 의무감에서 자신을 놓아 주는 분별이 필요하다고 생각합니다. 한편 앤은 이 책의 마지막 부분에서 오랫동안 자존심 때문에 화해하지 못했던 길버트 브라이스와 우정을 시작합니다. 화해하고 싶을 때, 상대가 용서를 구할 때, 쑥스러움을 극복하고 기꺼이 관계를 시작하는 앤의 모습을 보며 저는 잔잔히 흐르는 기쁨을 느낍니다.

앤이 오랫동안 우리에게 크나큰 감동을 주며 사랑받는 이유는, 이처럼 상상력을 통해 자신과 깊이 연결되고 다시 타자를 향해 자신을 열어 가는 몸짓 때문이 아닐까 생각합니다. 어린 소녀에서 성숙한 여성의 모습으로 나아가는 여정에서, 더 아름다운 것이 기다리고 있을 거라는 긍정적 태도는 많은 것을 생각하게 합니다. 척박하고 외로웠지만 엄연히 자신에게 주어진 인생에서 더 많은 아름다움을 찾아내고 싶은 열망, 바로 그것이 앤의 삶을 기쁨으로 물들였던 강력한 힘이 되었을 것입니다.

3

조르바와 자유로운 현재의 춤

제가 《그리스인 조르바》를 처음 읽었던 때는 대학 시절입니다. 한국의 80년대는 민주화를 위해 많은 분들이 투쟁하던 때였고, 민족, 조국 같은 단어들이 온통 제 삶을 차지하다 못해 그 무게에 깔려 숨이 막히던 때였습니다. 조국과 민중을 사랑하는 길에 헌신하는 것이 지식인의 초상이던 시대, 그렇게 투쟁적이지 못하고 그 투쟁 방식에 온전히 동의할 수 없었던 저는 늘 힘들 수밖에 없었습니다. 그래서 캠퍼스는 춥고 힘든 곳이었으며, 행복이라는 단어를 떠올리는 것만으로도 죄책감을 느끼던 시절이었습니다.

《그리스인 조르바》의 배경은 터키의 지배에 저항하던 민족주의, 기독교와 이슬람교 사이의 종교 갈등 등으로 첨예한 긴장감이 돌던 20세기 초의 그리스입니다. 당시 한국의 젊은 세대가 이 책에 많이 공감했던 것은, 여기 나오는 기독교적 금욕주의 때문이 아니었을까 하는 생각이 듭니다. 내 삶을 누르는 것이 무엇인지도 잘 분간하지 못하고 어떻게 살아야 할지 몰라 전전긍긍하던 스무 살의 나에게도, 이책은 거의 충격으로 다가왔습니다.

거침없는 표현이 불경해 보이기까지 하는 이 책을 읽으면서 불편한 마음도 컸지만, 그럼에도 불구하고 제가 배운 것은 바로 자유였습니다. 자유로운 영혼으로 산다는 것, 가짐으로써가 아니라 가지지 않음으로써 자유로워진다는 것, 이것은 옳고 저것은 나쁘다고 규정하는 딱딱하고 무거운 굴레에서 벗어나는 것, 이런 일들은 오직 현재의 순간에 최선을 다함으로 얻는 것이며, 권위나 종교 혹은 책에서 배우는 것이 아닌 각 개인이 자기 삶의 자리에서 느끼고 생각하는 대로 고유하게 살아갈 때 얻는 생생한 리듬 같은 것이라고 생각합니다. 그 리듬은 생의 춤이 되고, 그 춤은 생의 기쁨을 향유하는 자의 전리품 같은 것입니다.

　학교에서 오랫동안 중세 문화를 가르쳐 온 저는, 언젠가 그리스 역사와 문화의 결을 구체적으로 느끼고 싶어 그곳을 방문한 적이 있습니다. 벽을 온통 흰색으로 칠한 집들과 파란 돔으로 된 지붕이 아름다웠는데, 그리스 국기 사용을 금하는 터키의 지배에 저항하는 뜻으로 국기의 색인 파란색과 흰색을 건물에 칠한 것이라는 설명이 기억에 남습니다. 바위 꼭대기에 지은 수도원들도 가 보고, 산토리니의 푸르고 아름다운 물빛과 낚시를 즐기는 그리스 사람들의 유유자적한 모습도 보았습니다. 가난 속에서도 무심한 듯 당당해 보이는 그들의 모습을 관찰하다, 문득 잊고 있던 조르바를 떠올렸습니다. 코린토스에서 기차를 타고 아테네로 돌아오는 길에 저는 우연히 옆에 앉은 청년에게 대뜸 그리스인 조르바를 아느냐고 물었습니다. 그러자 청년은 반갑게 "당연하다"며 웃었고, "그 책의 저자는 우리 그리스의 영웅, 그리스의 정신을 쓴 영웅"이라며 엄지손가락을 들어 보였습니다. 마치 '우리 그리스 사람은 다 조르바야'라고 말하는 듯했습니다.

짧은 겨울방학 동안의 여행을 끝내고 집으로 돌아와서는, 새 학기가 시작되기 전 서둘러 조르바를 한 번 더 읽었습니다. 그리스의 바람과 물과, 회당들을 둘러보고 와서 다시 만난 조르바는, 좀 더 편안한 목소리로 '인생 뭐 있는가, 그저 순간을 즐기는 것일 뿐'이라고 이야기하는 듯했습니다.

불편한 조르바 읽기

그런데 이 작품과의 첫 대면은 그리 순탄하지만은 않습니다. 조르바가 여성들에게 툭툭 던지는 말과 거친 표현들은 굉장한 반감을 일으킵니다. 그러나 조르바가 자기 자신에 대해서나 남성들에게도 결코 기분 좋은 말만 하지 않는다는 점을 감안하고 보면, 그 거친 말 속에 담긴 사람에 대한 깊은 사랑 때문에 조금은 용서가 됩니다. 기분 나쁜 내용이 나오면, '이런 주책바가지 영감탱이가 있나' 하고 욕을 좀 하면서 읽어도 좋겠습니다. 불편한 표현 때문에 이 책을 그냥 던져 버리기에는, 이 조르바라는 인물의 연구 가치가 상당하기 때문입니다.

그래서 저는 러시아 문학비평가 미하일 바흐찐(Mikhail Bakhtin)의 대화주의 방법을 차용해, 저자나 캐릭터가 내뱉는 거친 말에는 거침없이 반격하면서 책을 읽어 나갈 것을 권합니다. 계집의 엉덩이가 어떻고 하는 구절에서 "어디 육십 넘은 영감이 이런 주접을 떨어요" 하고 응수하며 읽다 보면, 웃음이 픽픽 터져 나옵니다. "여자들이란 가엾은 존재입니다"라는 부분에는 밑줄을 긋고, 여백에다 "웃기시네, 참. 남자란. 남자의 허풍이란"이라고 적으면서 남성들의 판타지를 비판하는 것입니다. 책읽기의 의미는 결국 의문과 저항과 동의를 통해 얻어지는 것이기에 그렇습니다.

그렇다면 왜 군이 조르바를 읽느냐고 제게 반문하는 분들도 있을 텐데, 그 이유는 격렬히 사랑할 줄 알고 인간을 깊이 받아들이는 사람 냄새 때문입니다. 그래서 21세기에도 여전히 많은 사람들이 기쁨이나 자유를 이야기할 때면 조르바를 떠올리는 것이겠지요. 늙은 카바레 여가수가 죽어가는 자리에서 낡아빠진 싸구려 물건들을 가져가려고 모두들 혈안이 되어 있을 때, 조르바는 그 죽음 앞에서 눈물을 흘리는 유일한 사람, 연약한 여성이 군중에 희생될 때 진정 분노하며 행동하는 사람입니다.

바흐찐의 문학 이론에 나오는 '헤테로글로시아'(*heteroglossia*, 문학 작품에서 서로 다른 목소리가 한데 뒤섞여 공존하는 현상을 나타내는 용어)라는 개념이 있는데, 이에 따르면 텍스트를 잘 읽기 위해서는 작품이 쓰인 시대적·공간적 배경을 이해하는 것이 중요하다고 합니다. 21세기 독자들이 이 책을 읽을 때, 작가가 이 작품을 쓰던 시절에 대해 먼저 이해할 필요가 있을 것입니다. 그러니까 크레타 섬이 유럽의 여러 나라와 터키의 식민 지배 아래 고통받고 있었고, 많은 사람들이 독립 혁명에 참여하는 와중에 폭력과 살인이 지속적으로 자행되던 시대, 그리스 정교가 사람들 속에 깊이 자리 잡고, 여성 특히 과부들의 인권이 짓밟히던 혼란의 시대였다는 것을 말입니다. 이런 배경에서, 지치고 행동하지 못하는 젊은 지식인인 '나'와, 원시적 건강성을 지니고 몸으로 삶을 배워 간 조르바의 서로 다른 목소리가 부딪치고 화합하면서, 과연 그러한 시공간에서 삶이란 어떤 의미가 있는지를 이 작품은 묻고 있는 것입니다.

그래서 '나'라고 하는 화자 혹은 저자 자신과 조르바라는 인물 사이에서 벌어지는 갈등과 이해, 우정의 역동을 살펴보는 것도 재미있는 읽기 방법 중 하나입니다. 주인공 '나'는, 글을 쓰고 책을 읽으며 관념에 갇힌 사람입니다. 그는 자신을 조국, 국가, 신념 같은 말에 풍덩 빠지는 사람이라고 표현합니다. 그리고 부처에 대한 책을 쓰고 있지요. 라캉이 말하는 상징계, 즉 언어의 세계에서 살아가는 사람입니다. 언어의 세계 안에서 일어나는 관념의 유희는 어떤 틀에 갇힌 상태입니다. 그리고 이 책의 주제는, 옳고 아름답고 선한 것을 추구하는 한 영혼이 어떻게 그 틀을 뛰어넘어 단순한 기쁨을 주는 자유로 들어가는가 하는 것이 되겠습니다. 베르그송은 인간이 진화하여 솟구쳐 오르는 시점은 딱딱하게 굳어진 체제로부터 자유로운 존재를 창출하는 생의 도약(leaping point)이라고 말했습니다. 그리고 이 책의 조르바가 바로 그런 진화한 인간을 상징합니다.

주인공 '나'는 크레타 섬에 머물면서, 자신이 갇힌 이념의 세계를 벗어나 실재에서 살아가는 법, 즉 삶을 향유하는 법을 조르바에게서 발견합니다. 이 향유는 말로 할 수 있는 것 너머에 존재하며, 인간으로서 한계와 유한성을 충분히 받아들일 때 잠깐이나마 맛보는 것입니다. 그것을 정신분석학에서는 '주이상스'(*jouissance*)라고 하는데, 한계를 가진 인간이 느끼는 고통과 영원을 들여다보는 기쁨이 공존하는 복합적인 상태라고 할 수 있습니다.

조르바는 자유를 살아내는 법을 이야기합니다. 과연 오늘날의 우리를 옭아매는 것들은 무엇입니까? 우리를 옥죄는 구조나 이념이나 물질 혹은 그 무엇이든, 그 족쇄를 풀고 우뚝 서서 살아가는 누군가가 바로 21세기의 조르바겠지요. 그럼 이제 조르바가 가르쳐 주는 자유롭고 기쁜 인생의 비법을 살펴봅시다.

생을 추구하기

우리가 삶을 살면서 기쁨을 누릴 수 있는 것은 무엇인가를 추구하거나 갈망하기 때문입니다. 그런데 이 욕구는 좀처럼 충족될 수 없습니다. 사실 인간이 한 생을 살면서 완전한 만족을 누리기란 거의 불가능한 일일 것입니다. 그래서 모든 종교에서는 피안(彼岸)을 이야기합니다. 요즈음 제가 발견하는 현상 한 가지는, 마음에 아무런 추구도 갈망도 없는 사람들이 점점 늘어나고 있다는 점입니다. 그런 삶은 죽은 듯 싱겁고 맛이 없습니다. 하지만 늙고 가난하고 배운 것 없는 조르바는 그럼에도 끊임없이 생명을 추구합니다. 살기를 추구합니다.

자신의 욕구를 잘 알고, 또 그 욕구로부터 자유로워질 수 있다면, 우리는 이 세상에서 하늘나라를 살 수 있을 것입니다. 이 책에서 화자인 나는 불교에 심취해 금욕주의적인 삶을 살고자 합니다. 그런데 자비로운 눈으로 세상을 껴안는 조르바는, 특히 열정을 가지고 살 때 떠오르는 '욕구'를 조심하고 경계하는 방식으로는 결코 욕구로부터 자유로울 수 없다고 말합니다. 그리고 어린 시절 이야기를 들려줍니다. 체리의 새콤달콤한 맛에 속박되었던 조르바는 매일매일 먹고 싶은 욕구로부터 자유롭기 위해 아버지의 주머니에서 돈을 훔쳐 체리를 실컷 삽니다. 그리고 더 이상 먹을 수 없을 때까지 원 없이 먹고 난 이후로 다시는 체리를 먹고 싶지 않게 됩니다. 그러니까 욕구를 피하는 것이 아니라 맞대면함으로써 자유를 얻는 방식을 택한 것입니다.

이런 조르바도 포기하지 못하는 것이 하나 있는데 바로 여자입니다. 그는 나이를 먹고도 여자를 홀리고 졸졸 따라다닙니다. 이를 어떻게 이해해야 할지 생각해 보면, 첫째로 이것은 남성이 가지는 판타지라고 보아야 합니다. 그래서 타자로 간주되는 여성이 이 책을 읽으면 불쾌해지고, 남성들은 마음이 설렙니다. 죽을 때까지 여성 편력을 이어 가는 삶은 남성들에게 영원한 향수인 것 같습니다.

둘째, 그가 여성을 탐하는 태도는 요즘 우리 사회를 괴롭히는 여성혐오나 성범죄와는 조금 거리가 있습니다. 조르바는 어떤 여자를 만나든 그 여자를 진정 사랑한다고 이야기합니다. 이 말 속에는 어떤 대상을 향하는 기본적인 성적 에너지(에로스)의 의미가 담겨 있습니다. 초대 교부 오리게네스는 하느님은 에로스라고 말했는데, 에로스는 다가가는 에너지이기에 그렇습니다. 조르바에게는 그 에로스의 대상이 여성인 것입니다. 여기서 그 에너지가 어떻게 표출

되느냐 하는 것은 부차적 문제이고, 진정 그 에너지를 고스란히 가지고 있는가 하는 것이 우리가 마주치는 근원적 질문일 것입니다.

삶의 에너지는 무엇인가를 하고픈 열망에서 나옵니다. 잘할 수 있는 일, 좋아하는 일을 할 때 우리는 신이 납니다. 남을 따라 사는 삶에는 바람이 불지 않습니다. 신바람 나는 삶, 그것을 다시 풀어 보면 신적인 기운이 일어니는 삶을 의미합니다. 그 삶은 폭발적이든 잔잔하든 반드시 기쁨을 줍니다. 성공이나 명예와는 상관없습니다. 우주의 한 점으로 와서 제한된 시간을 살다 가는 우리 여정에 신적인 기쁨이 깃든다는 사실이 중요합니다.

이것은 그저 만인이 선망하는 학벌이나 직업이나 집을 얻는 데 생의 의미를 두고 열심히 쫓아가는 것과는 전혀 다른 삶입니다. 이 작품에서 그러한 삶을 극적으로 보여 주는 것이 갈탄광이 무너지는 에피소드일 것입니다. 모든 것이 실패로 끝나는 바로 그 순간, 조르바는 춤을 추기 시작합니다. 그리고 나라는 화자도 함께 춤을 춥니다. 몇 년 전 저는 미국 루이빌에서 열린 국제 영성 지도자 회의에 참석했는데, 그때 티베트 스님들이 만달라 작업을 하는 것을 볼 수 있었습니다. 회의 기간 내내 그들은 아주 편안한 모습으로, 가끔 재미있게 웃기도 하면서 모래로 아름다운 만달라를 만들고 있었습니다. 처음에는 네 명의 스님이 함께 도안을 그리고, 그런 다음 각각 동서남북 방향으로 앉아 색을 입힌 모래를 입으로 불면서 그 도안을 채워 나갔습니다. 그리고 회의가 끝나는 마지막 순간에 만달라를 부수고는 모래를 모아 강가에 뿌렸습니다.

지금 그 만달라 작업이 떠오르는 이유는, 조르바의 이야기가 갈탄광 사업을 위해 크레타 섬에 가서 사람들을 통해 배우고 느끼며 살다가, 시간이 되자 일의 성공과 실패를 떠나 그것을 마치는 삶의 순리를 보여 주기 때문이 아닐까 생각합니다. 마치는 순간을 그렇게 한판의 춤으로 보내고, 새로운 이야기가 삶으로 들어온다면 우리는 또 새로운 춤을 추겠지요.

저도 삶을 살면서 끝이 있을 것 같지 않던 많은 것들이 끝나는 것을 봅니다. 언제까지나 영원할 것 같았던 많은 것들이 사라졌습니다. 제가 일하는 학교에서 얼마 전 총장이 된 분이 굉장히 강압적이고 독단적이라, 교수회 의장인 저는 골머리를 심하게 앓았습니다. 그래서 총장을 오래 하신 수녀님께, 우리가 지금 특별히 힘든 거냐고 물었습니다. 다시 말하면, 내가 운이 없어서 하필 이런 때 의장을 맡은 것인가 궁금하기도 했고, 이러다가 학교가 창립 정신을 잃고 마는 것 아닌가 하는 회의와 우려의 표현이기도 했습니다. 그러자 그 수녀님은 깔깔 웃으면서, "학교는 언제나 그래. 그런데 인생도 언제나 그래"라며 응수했습니다. 그리고 저도 함께 웃음을 터뜨렸습니다.

어쩌면 내가 만난 모든 투쟁과 갈등도 그저 하나의 갈탄광 사업 같은 것이 아닐까 하는 생각이 들었습니다. 상급자에게 불편한 이야기로 도전하는 순간도, 나에게 주어진 삶의 한 조각이라는 생각이 들었습니다. 그냥 열심히 놀이처럼 시간을 보내다가 또 시간이 되면, 만달라를 부수듯 한바탕 춤을 추면서 새로운 생의 빗장을 열어젖히는 것이 우리의 인생이겠지요.

현재를 살기

사람들과 이야기를 나누다 보면, 어떤 사람들은 과거에 머물러 있으면서 추억만 이야기하고, 어떤 사람들은 미래에 머물러 있으면서 꿈과 희망만 이야기합니다.

하지만 기억은 지나간 삶을 재배치한 결과일 뿐이며, 과거에 대한 이야기는 현재의 내가 걸어온 길을 보여 주는 단서일 뿐입니다. 저는 사람들에게 제 인생의 가장 중요한 순간 중 하나로 로댕의 작품 〈하느님의 손〉(*La Main de Dieu*)과 관련된 에피소드를 종종 언급하곤 합니다. 제 머릿속에서 늘 이 작품은 고뇌하는 인간을 받쳐 주고 계시는 하느님의 손으로 강하게 각인되어 있었는데, 어느 날 우연히 로댕의 작품들을 검색해 보다 충격적인 사실을 확인하게 되었습니다. 그날 제가 찾은 화면에서 하느님의 손 안에 담겨 있는 것은 고뇌하는 인간이 아니라, 분명 거의 분리될 수 없이 하나가 되어 있는 창조된 남녀의 몸이었습니다. 그러니까 이 작품은 인간을 창조하는 커다란 손을 표현한 작품이었던 것입니다. 혹시 같은 이름의 다른 작품이 있는지 찾아

보았지만, 그런 것은 없었습니다.

어떻게 이런 착각을 할 수 있을까 곰곰이 생각하다, 이 기억은 스물세 살의 내가 어떠했나를 보여 주는 단서가 아닐까 하는 생각이 들었습니다. 그러면서 그 작품을 처음 만났던 이십대의 저에 대해 생각해 보았습니다. 대학을 졸업하고 승무원이 되어 외국을 오가면서 일하던 저는 유독 남녀의 사랑에 대한 두려움이 많았고, 더구나 어렴풋하게나마 수도 생활을 생각하고 있었기에 남녀의 몸이 하나가 되어 있는 이미지가 불편했던 것 같습니다. 그래서 머릿속에서 로댕의 〈생각하는 사람〉과 손의 이미지를 편집했을 거라는 생각이 들었습니다. 이처럼 우리 기억은 이런저런 방식으로 구도가 바뀌고, 내용이 생략되고 왜곡되기도 합니다. 이렇게 구성된 기억은 자신이 현재 서 있는 생의 좌표를 반영하지만, 그 기억은 매우 생생해서 그것이 구성된 것이라는 진실을 받아들이기가 꽤 힘듭니다.

현재가 너무 힘들기 때문이든 혹은 어떤 이유에서든, 과거의 기억에 자꾸 매달리는 사람들이 있습니다. 하지만 그것은 지금의 내가 구성하는 과거라는 사실을, 그리고 무엇보다 그 시나리오가 현재 내 삶의 자리에서 피어나는 작고 구체적인 생명을 소외시킨다는 것을 기억해야 합니다. 자꾸 과거 어느 시점이 좋았다는 이야기를 반복하는 친구가 있다면, 저는 이렇게 다정하게 이야기해 주고 싶습니다. "너 힘들구나. 그런데 이 시간도 나중에 돌아보면 좋은 시간일지도 몰라. 주위를 둘러봐. 이 순간 경험하는 삶의 또 다른 느낌을 놓치지 말자."

한편, 많은 사람들이 미래에 대한 걱정에 사로잡혀 사는 것 같습니다. 그런데 그 걱정 또한 사실은 과거에 그 사람이 처했던 삶의 조건이나 상처의 반영인 경우가 많습니다. 저는 늙어서 돈이 없으면 어떡하느냐는 말을 주변에서 참 많이 듣습니다. 그러나 우리가 늙는 것은 도대체 언제일까요? 우리는 매 순간 늙어가고 있는데 말입니다. 어릴 적 생존의 위협을 느낄 만큼 가난했었다는 제 지인은 이제야 가난에 대한 공포를 조금 내려놓았습니다. 또 결혼한 친구들에게서 많이 듣는 얘기는 자식이 좋은 직장을 가질 수 있을까 하는 우려입니다. 얼핏 들으면 부모가 해야 할 타당한 걱정 같습니다만, 그것은 불필요한 걱정입니다. 자녀들은 각자 자신의 인생을 걸어가고 있으며, 각 세대에게는 그들 나름대로 짊어져야 하는 걱정이 있을 테니까요. 미래는 오직 현재라는 시간에만 존재하는 상념입니다.

조르바의 이야기에는 유난히 현재에 머무르라는 말이 많이 등장합니다. 조르바는 화자와 대화를 나누며 이런 말을 합니다. "두목, 나는 어제 일어난 일은 생각지 않아요. 내일 일어날 일을 자문하지도 않아요. 네게 중요한 일은 오늘 이 순간에 일어나는 일이에요." 이 구절은 유명한 호라티우스의 송가를 연상시킵니다.

현재를 잡아라. 내일이라는 말은 최소한만 믿어라.
Carpe diem, quam minimum credula postero.

얼핏 들으면 희망도 꿈도 없는 인생을 말하는 것 같습니다. 하지만 호라티우스가 생의 기쁨에 천착했던 에피쿠로스학파 철학자였음을 생각해 본다면, 이는 현재에 더욱 충실함으로써 생의 기쁨을 누리라는 깊이 있는 가르침일 것입니다. 고대의 해시계에는 이 '카르페 디엠'(*Carpe diem*)이라는 글자가 많이 새겨져 있는데, 지금 이 시간 혹은 이 날을 뽑아 너의 것으로 만들어라, 이 순간을 잡아라, 지금 여기 머물라는 뜻으로 해석할 수 있을 것입니다. 더 나아가 전도서의 "젊은이여, 시간이 있을 때 즐기라"는 말과도 통합니다. 그리고 예수님이 제자들에게 빛이 있을 때 걸어가라고 하신 말씀(요한 12:35)도 떠오릅니다.

그런데 현재에 머무르기 위해서는 성실하고 집중하는 자세가 필요합니다. 조르바는 이렇게 말합니다.

나는 자신에게 묻지요.

'조르바, 지금 이 순간에 자네 뭐 하는가?'

'잠자고 있네.'

'그럼 잘 자게.'

'조르바, 지금 이 순간에 자네 뭐 하는가?'

'일하고 있네.'

'잘해 보게.'

'조르바, 자네 지금 이 순간에 뭐 하는가?'

'여자에게 키스하고 있네.'

'조르바, 잘해 보게. 키스할 동안 딴 일일랑 잊어버리게. 이 세상에는 아무것도 없네. 자네와 그 여자 밖에는. 키스나 실컷 하게.'[*]

우리는 잠을 자면서 일을 걱정하고, 일하면서 나중에 놀 일을 생각하곤 합니다. 집중하면 불안하다고 하는 사람들도 많습니다. 그러나 알 수 없는 것, 부질없는 것에 마음 쓰지 말고, 현재 나에게 주어진 것, 그러니까 젊음이라면 젊음, 배움이라면 배움, 봉사라면 봉사를 온 마음을 다해 하면서 기쁨을 누리라고 이 책은 말하고 있습니다. 조르바는 "지금 여기에 행복이 있음을 느끼기 위해 단순하고 소박한 마음만 있으면 된다"고 이야기합니다. 너무 어렵게, 너무 무겁게 생각하지 말고 현재를 살라고, 거듭 말하고 있습니다.

---

[*] 《그리스인 조르바》(이윤기 옮김, 열린책들, 2007), p. 421.

조르바식 사랑과 우정

어찌 보면 좀 주책맞고 지극히 즉흥적인 조르바를 보며 제가 가장 감동하는 일화는, 늙은 카바레 가수를 그리스 여성 독립운동가 부불리나라고 부르며 사랑하는 이야기입니다. 이제는 늙고 초라한 이 여인의 이야기를 그는 진심으로 들어 주고, 마치 창조주가 바라보듯 그녀의 가장 아름다운 모습을 바라봄으로써 누구보다 빛나고 사랑스럽게 만들어 줍니다. 그의 시선은, 마치 신이 '나는 너의 좋은 곳을 잘 안다' 하고 말하는 것 같습니다. 감기를 앓던 그녀가 임종을 맞이할 때, 조르바가 취하는 하나하나의 행동은 상대에게 존엄을 주는 것입니다. 자식도 일가친척도 없이 크레타 섬에 혼자 남은 이 여성이 아직 죽기도 전에, 벌써 마을 사람들은 그녀의 가재도구며 기르던 닭들을 가져가고 동네 청년들은 그 닭을 잡아먹습니다. 이에 조르바는 소리를 지르며 마을 사람들의 탐욕을 질타합니다. 그리스 정교 신자가 아닌 부불리나는 종부성사나 장례 미사 없이 그냥 땅에 묻히게 되는데, 여기서 조르바는 진지하게 온갖 경의를 표하며 눈물을 흘립니다. 그가 다른 여성들이나 부불리나에게 늘 마초적인 말투로 대하던 모습과는 대조를 이루는 장면입니다. 어떻게든 쓸 만한 것을 가져가려고 혈안이 된 마을 사람들과 달리, 그는 이제 아무런 가치가 없을 듯한 주인 잃은 새를 가지고 옵니다.

또한 이 마을에 사는 아름다운 과부의 이야기도 인상적입니다. 여기서 이 과부라는 여성은 완전히 타자화되고 그녀의 아름다움은 그저 남자를 홀리는 불경스러운 속성으로 분류됩니다. 아름다운 여인으로서 남편이 없다는 이유로 동네 여성들에게도 위험하거나 최소한 비호감인 인물로 낙인찍힙니다. 그녀가 동네 청년의 청혼을 거절하고 그 청년이 자살을 하자, 분노한 동네 사람들은 아무런 잘못이 없는 그녀를 살해합니다. 이 사태에서 목숨을 내놓고 싸우는 사람은 그녀를 사랑하게 된 '나'와 조르바뿐입니다. 금욕적인 성향의 '나'는 호감을 느끼면서도 그녀에게 다가가지 못하는데, 조르바는 인간이 인간을 사랑해 주는 일의 아름다움을 주장하며 외로운 그녀를 사랑하라고 계속 부추깁니다.

동네에서 누구와도 깊은 교류를 할 수 없었던 외로운 여인의 영혼을 깊이 이해한 인간. 여성에 대한 비뚤어진 소유욕과 남성 중심적인 복수가 얼마나 추악한 것인지를 스스럼없이 이야기할 줄 아는 인간. 이것이 조르바의 위대한 면모입니다. 이런 그의 면모를 보면서, 저 역시 만나는 이들의 외로움과 슬픔을 본능적으로 알아차리고 그 사람의 가장 좋은 곳을 바라봐 주는 친절함을 갖고 싶어집니다. 그러면 제가 바라보는 세상이, 그리고 만나는 사람들이 더욱 아름다워질 것 같습니다.

이제 '나'와 조르바의 우정을 살펴봅시다. 이는 예수님과 제자들의 관계, 혹은 붓다와 그의 제자 가섭의 관계를 떠올리게 합니다. 그런데 재미있는 것은, '나'와 조르바의 관계에서는 제자가 스승을 그리 극진하게 대우하지도 않고, 어느 날 갑자기 나타난 스승이 제자에게 자기를 데리고 가 달라고 애원함으로써 관계가 시작됩니다. 이 둘의 관계는, 엄밀히 말하면 조르바가 '나'를 두목이라 부르는 고용주와 고용인의 관계입니다. 첫 만남에서 조르바는 자신이 국을 아주 잘 끓인다면서 자신을 데려가 달라고 애원하고 '나'

는 그를 일행으로 받아들여 현장감독으로 고용하게 됩니다. 하지만 조르바는 그 고용주에게 속박되지 않습니다. 그는 고용주에게 주저 없이 "옥박지르면 끝입니다. 결국 당신은 내가 인간이란 걸 인정해야 한단 말입니다"라고 말합니다. 그럼 무엇이 인간인가 하는 질문에, 그는 전혀 주저함 없이 '자유'라고 말합니다. 그러니까 둘의 우정은 두 인간 사이의 동등하고 자유로운 관계를 의미합니다.

게다가 조르바는 두목의 약점도 가차 없이 지적합니다. 책과 문자의 가치에 얽매인 주인공에게 현실과 행동에 대해 이야기해 주고, 책에 적힌 그런 엉터리들을 믿느냐고 도전합니다. 한때 조국의 이름으로 자신이 저질렀던 행동이 인간의 삶에 상처를 주는 것을 경험한 그는, 이전에 따르던 의미 체계를 부정하고 그저 사람을 사랑하고 삶의 순간들을 사랑하기로 한 것입니다. 그래서 조르바는 자기보다 많이 배운 것이 틀림없는 주인공에게 아무 열등감이나 주저함 없이, 자신에게서 자유를 배우라고 이야기합니다. 그렇게 함께 먹고 마시면서, 조르바는 행동으로 배운 삶의 철학을 나누어 줍니다. 이렇게 동등한 생의 동반자, 혹은 갈탄광이라는 놀이를 함께하며 그들이 나눈 우정은 무엇으로도 얻기 힘든 삶의 풍요와 기쁨을 가져다주었을 것입니다.

춤추는 사람

제가 조르바라는 인물을 인상적으로 만난 것은 영화를 통해서였습니다. 앤서니 퀸이 조르바로 나오는 이 영화에서 단연코 인상적인 장면은, 갈탄광 사업이 망한 후 크레타 섬 바닷가에서 조르바가 춤을 추는 마지막 장면입니다. 자연스럽고 자유로우며, 가장 인간적인 춤이었습니다. 이 작품에서 한 인간이 자연에 가깝게, 혹은 자연과 조화롭게 살아간다는 의미를 담은 두 가지 상징이 있다면, 하나는 조르바의 춤일 것이고, 다른 하나는 그가 가지고 다니는 그리스 악기 산토르일 것입니다. 이들은 자아와 외부의 합일, 혹은 우주 안에서 자기를 잊어버리는 몰아(沒我), 그로 인해 체험하는 건강과 기쁨에 대한 멋진 상징입니다.

저와 가장 가까웠던 크리스 수녀님은 그리스인과 하와

이인의 혼혈이었습니다. 뚱뚱하지만 건강하고, 맛있는 음식을 즐기며, 멋진 홀라춤을 추었던 그분은 일 년에 두 번은 저를 끌고 샌프란시스코의 그리스 클럽에 가서 춤을 추었습니다. 물론 저는 그리스 춤을 배운 적이 없지만, 손에 손을 잡고 하나가 되어 흥겹게 추는 그분의 춤을 저는 무척 좋아했습니다. 클럽에서 끝까지 춤추는 사람은 언제나 크리스 수녀였는데, 심지어 암 투병을 하던 시절에도 그랬습니다. 그때 그분을 보면서 문득 조르바의 춤이 떠올랐던 것 같습니다.

이렇듯 끝까지 삶에 대한 애착을 놓지 않았던 크리스 수녀님이 이 시대의 조르바가 아니었을까 하는 생각을 해 봅니다. 그는 늘 기도하는 사람이었고, 언제든 누구든 그를 만날 수 있었습니다. 많은 사람들이 자기가 그분과 가장 친한 사람이라고 생각할 정도였습니다. 암 투병 중에도 '아직 할 일도 많은데 나한테 왜 이러시냐'고 하느님한테 따지던 수녀님은 이제 떠나고 없지만, 바람처럼 자유로웠고 누구든 가리지 않고 사랑하며 말없이 품으셨던 크리스 수녀는 제게 언제까지나 진정한 조르바로 남아 있을 것입니다.

저 또한 가톨릭 수녀로서 춤추는 사람이 되고 싶었고 여전히 그렇습니다. 여성으로 태어난 저는 여성 조르바가 되고 싶습니다. 제가 살고 있는 버클리에서는 부활 성야에 모두 함께 모여 〈춤의 왕〉이라는 음악에 맞추어 춤을 춥니다. 이 곡은 예수님 생애의 한 순간 한 순간을 춤으로 표현하는 노래입니다. 저는 어디를 가든 춤을 추셨던 그분처럼 어디서든지 춤을 추려고 했습니다. 제 생의 한 순간 한 순간을 그렇게 춤으로 살아내고 싶었습니다. 그리고 삶은 놀이이고 순례임을 기억하면서 생의 순간마다 한 가지씩 춤사위를 배워 가고 있습니다.

거칠고 자연스럽고 가장 인간적인 조르바의 춤은 우리를 자유로 인도합니다. 가지고 싶은 것을 모두 비워 내고, 순간을 열심히 살며, 지금 만나는 사람들을 누구보다 아름다운 사람으로 바라보는 것. 그것이 조르바의 춤입니다.

2부

기쁨을 발견하는 작업

4

기쁨의 영성

이 책의 첫 번째 장에서, 저는 기쁨이 어떤 영원하고 아름다운 것을 발견하는 일, 또는 일상 속에 숨겨진 의미를 찾아 가는 일과 관련이 있다고 말했습니다. 이것은 '영성'과도 통한다고 할 수 있습니다. 영성은 나 자신과 내가 살아가는 세상의 의미를 찾는 과정, 혹은 궁극적인 절대(어떤 사람에게는 하느님이 되겠고, 또 어떤 사람에게는 불심이나 도, 진리, 정의, 사랑이라는 가치일 수 있겠습니다)를 만나는 과정 전체를 뜻하기 때문입니다. 철학자 메를로 퐁티가 "삶은 의미를 찾아야 하는 저주를 받았다"고 이야기했는데, 우리는 살아가면서 숙명적으로 의미를 찾지 않을 수 없고, 그러지 못하면 끝없는 허무에 빠집니다. 이렇게 의미를 찾아가는 영성을 추구할 때, 우리는 자연스럽게 우리가 살고 있는 세상과 사건, 사람, 그리고 관계들에 주의를 기울이고, 내면에도 관심을 가지게 됩니다.

기본 전제들

따라서 기쁨을 찾아가는 우리의 여정에서 가장 먼저 친숙해져야 하는 작업은 바로 영적인 작업이어야 할 것입니다. 영성은 어떤 일회적인 치료나 해결이 아니라 삶 전체를 통해 수행해 가는 작업 과정입니다. 또한 이렇게 삶의 의미를 찾아가는 과정에서 기쁨을 발견하고 누리기 위해서는 일상 속에서 자기 삶의 고유한 결을 찾는 부단한 작업을 해나가야 합니다. 저는 이러한 작업의 과정을 기쁨의 영성이라 부르겠습니다. 이 작업을 위한 중요한 전제는 세상은 늘 변하고 불확실한 것이라는 불편한 진리를 끌어안고 그 속

에서 유연하고 자유롭게 내면의 조화를 누리는 일이라 할
수 있습니다.

신비는 일상 속에 있다

독일의 신학자 칼 라너(Karl Rahner)는 《일상》(*Alltagliche
Dinge*, 분도출판사)이라는 아주 조그만 책에서, 밥 먹고 잠자
고 일하는 우리의 평범한 시간 속에서 하늘나라의 신비를
찾아야 한다고 이야기합니다. 이는 발상의 전환으로, 마치
기도하면서 술을 마시는 것은 불경하지만 술을 마실 때조
차 기도하는 사람은 매우 경건한 사람이라고 말하는 것과
같습니다.

　사람들은 제게 "당신같이 활달한 사람이 어떻게 수도생
활을 할 수 있냐"고 말하곤 합니다. 저와 알고 지내던 사람
들은 제가 수도회에 입회한다고 했을 때 한결같이 깜짝 놀
라는 반응을 보였습니다. 저는 외향적이고 적극적이며, 사
람들과 어울리는 것을 무척 좋아합니다. 그런데 제가 수도
원에서 생활하며 한 번도 지루함을 느낀 적이 없었던 이유
는, 수도생활이 일상의 풍부함 속으로 들어가는 법을 배우

는 과정이었기 때문입니다.

　제가 한국에서 수도생활을 처음 배운 곳은 서울 정릉에 있는 한 수녀원이었습니다. 수도원 앞에는 빈 들판이 있었는데, 단 하루도 같은 모습을 보여 주지 않는 들판의 얼굴을 구경하느라 시간 가는 줄 몰랐던 것 같습니다. 또 매주 월요일이면 빨래를 함께 했는데, 바람 부는 옥상에 빨래를 널면서 행복을 감지하는 법을 배웠습니다. 그 가운데 무엇보다 진지하고 뜨거웠던 공부는, 침묵 속에서 내가 누구이고 어떤 단점이 있고, 그 단점은 어디서 와서 어디로 가며 누구를 아프게 하는지를 바라보는 작업이었던 것 같습니다. 나로 인해 누군가가 아프게 된다는 것이 너무 싫었지만, 결국 우리는 누군가에게 상처를 주고 또 받기도 한다는 것을 받아들이고 나서야, 진정한 의미에서 다른 사람의 결점과 내가 받은 상처들을 극복할 수 있었습니다.

　제가 생각하는 수도원의 정신은 '단순함이 주는 기쁨을 배우는 것'입니다. 단순한 마음을 배우기 위해 매 순간 깨어 자기를 지켜보는 일은 결국 일상의 신비로 들어가는 일입니다. 남을 배려하는 마음으로 복도를 조용히 걸을 때,

누군가 병에 꽂아 놓은 들꽃 다발을 볼 때, 혹은 잘 닦아 윤기가 나는 장독들을 바라볼 때, 그 평범한 것들이 불현듯 빛깔과 질감을 지니고 하나의 의미로 다가올 때 그것들은 아름다워 보입니다. 시간에 따라 변해 가는 나에게 매 순간 다가오는 어떤 상황과 사물과 사람들은, 지금 여기서 내가 누구인지, 또 나는 어디를 향해 가고 있는지를 멈추어 서서 보게 합니다. 그 멈춤은 생의 기쁨 속으로 들어가는 공간을 만들어 줍니다.

일상의 신비 안으로 들어간다는 것은, 주변의 사소한 것들 안에 담긴 고유한 아름다움을 찾고 그 발견으로 인해 더 이상 사소하지 않은 그 대상과의 깊은 유대와 친교 속으로 들어간다는 뜻입니다. 그렇기에 기쁜 사람들은 늘 자기 주변의 것을 돌아보고 관계 맺을 줄 알며 그 안에서 깊은 의미를 찾는 사람들이라 하겠습니다. 황동규 시인이 쓴, 제가 좋아하는 다음의 시가 그런 태도를 잘 보여 줍니다.

내 그대를 생각함은 항상 그대가 앉아 있는 배경에서
해가 지고 바람이 부는 일처럼 사소한 일일 것이나 언

젠가 그대가 한없이 괴로움 속을 헤매일 때에 오랫동안 전해 오던 그 사소함으로 그대를 불러 보리라.*

누군가를 사랑하고 그리워하는 일이 그저 사소한 것이라는 것. 그 사소함은 마치 누군가의 배경에서 해가 지고 바람이 부는 것 같은 그런 사소함이라는 것. 이렇게 정답고도 가벼워 부담을 주지 않는 사소한 속에서, 그럼에도 불구하고 누군가의 괴로움을 알아채고 다가가는 정서를 노래한 이 시의 제목은 "즐거운 편지"입니다. 여기서 우리가 주목해야 할 점은, 사소함이란 결국 일상성과 평범성에 있다는 것입니다. 화려하고 요란한 사건이 아니라, 그저 매일 똑같이 밥을 먹고 노동하는 그런 일상인 것입니다.

학교에서 중세 여성 신비가들에 대해 가르칠 때마다 제가 가장 힘주어 이야기하는 부분은, 그들의 소박하고 가정적인 언어입니다. 이들은 종교가 사람들을 통제하고 지위와 권력이 소수의 남성에게 제한되었던 시기에 아주 고유

---

* 황동규, 〈즐거운 편지〉, 《삼남에 내리는 눈》(민음사).

한 방식으로 자신의 목소리를 낸 여성들입니다. 당시 여성의 삶의 경험은 지극히 제한될 수밖에 없었고, 그런 여건에서 초월적 신을 만난 체험을 설명하기 위해 그들은 음식, 요리, 옷, 물 긷는 행위 등 매우 평범한 일상을 인용합니다.

마저리 켐프(Margery Kempe)가 만난 예수님은 그녀가 누워 있는 침대 가장자리에 걸터앉아 말을 건네시는 분이십니다. 노리치의 줄리안(Julian of Norwich)이 본 하느님은 조그만 헤이즐넛을 손바닥에 놓고 세상을 이렇게 사랑하노라 말씀하시는 분입니다. 또한 성녀 클라라(Clara)는, 거울에 비추어 보듯 그리스도라는 거울에 비추어 자기 영혼을 점검하라고 가르쳤습니다. 일상의 자리에서 일상 그 너머의 하느님과 친교를 누렸던 이들의 언어는 어둡고 권위적인 중세 교회 속에서 더욱 밝게 빛나는 역설적인 힘을 지녔고, 오늘날에도 여전히 그러합니다.

삶을 구성하는 것들은 계속 변한다

둘째로, 기쁨의 영성을 살아낸다는 것은 변화하는 삶 속에서 균형감을 가진다는 뜻입니다. 즉 삶을 구성하는 여러 변화하는 요인들을 잘 소화하고 받아들이면 우아하고 자신감 있게 삶을 영위할 수 있습니다.

우리가 살고 있는 세상은 급속도로 변하고 그에 따라 우리 삶을 구성하는 요인들도 계속 변해 갑니다. 그래서 우리는 어떤 가치에 대해서든 매 순간 스스로에게 묻고 대답을 찾아야 하고, 그 새로운 답을 가지고 유연하게 대처해야 합니다. 그것이 곧 균형감 있는 삶이라 하겠습니다. 우리는 하느님이나 종교의 문제에 대해서 기존의 자기 체험이나 지식을 끝까지 고집하는 경우를 자주 봅니다. 자기 확신에 빠져 좀처럼 새로운 것을 받아들이지 못하는 사람을 우리는 '꼰대'라고 부릅니다. 새로움을 향해서 계속 나아가지 않으면 자기 틀 속에 갇힌 괴물이 되고, 결국 고립과 좌절을 경험하게 됩니다.

우리가 기쁨의 영성을 충분히 살아내고 있다면, 20대에 느꼈던 기쁨과 50대를 지나가면서 느끼는 기쁨은 다를 것이고, 또 달라야 합니다. 왜냐하면 삶의 도전과 목표는 계속 달라지기 때문입니다. 예를 들어, 20대에는 무언가를 찾고, 새로운 것에 도전하고, 꿈을 이루어 나가는 것이 기쁨의 기본 원천이 될 것입니다. 이 시기에는 주로 삶을 배워 나가고 있다는 깨달음을 통해 기쁨을 느낍니다. 그런데 여든 넘은 사람이 건강이나 배우자의 상태, 재정적 상황과 같은 달라진 조건들을 고려하지 않고 새로운 일과 도전에만 초점을 맞춘다면 좀 곤란합니다. 이때는 새로운 것에 집착하기보다는 자신의 시간과 자리를 다음 세대에게 물려주는 지혜를 통해 노년에 걸맞은 기쁨의 영성을 살아낼 수 있는 것입니다. 일본 작가 사이토 다카시는 그의 책《50부터는 인생관을 바꿔야 산다》(센시오)라는 재미있는 책에서, 삶의 변동성이 커지는 50대에는 젊을 때 가졌던 관점을 바꾸어야 한다고 조언합니다. 저자는 50대에 접어든 독자들에게, 소소한 것을 즐기고 자신이 무엇을 원하는지에 관심을 갖고, 여러 사람을 사귀기보다는 소수의 진정한 친구를 만날 것을 권합니다.

결국 균형감이란, 날 수를 셀 줄 아는 지혜를 가지고(시편 90:12) 주어진 환경과 조건들을 매 순간 살펴보며 적응해 나갈 때 얻는 것입니다. 붙잡을 때와 놓아 줄 때, 가질 때와 내어줄 때를 아는 것입니다. 평생 해 온 즐거운 일이라도 생의 새로운 시간과 공간에서 그것을 잘 분별하고 내려놓을 줄 알아야 합니다. 또 균형감은 얼마나 많이 가져야 하는지 혹은 적게 가져야 하는지를 잘 헤아려 판단하는 능력을 포함합니다. 명예, 부, 권력이라는 것이 바람 잡듯 허망한 것임을 깨달을 때, 삶은 한결 가볍고 자유롭습니다. 가을 하늘을 날아다니는 나뭇잎처럼, 그리고 미련 없이 대지를 향해 춤추며 낙하하는 나뭇잎처럼, 자신에게 다가오는 것을 기꺼이 사랑하고 시간이 다했을 때 기꺼이 내어놓는 지혜를 새길 때, 우리의 내면은 균형이 잡힙니다. 이런 사람들은 어려운 일이 생겨도 병적으로 반응하지 않고, 그것을 인생에 찾아온 손님처럼 대할 수 있습니다. 물론 기쁜 일이 생길 때도 충분히 누리고 즐길 수 있겠지요.

이같이 내면의 균형이 이루어진 상태는 중용의 도와 일맥상통한다고 볼 수 있습니다. '중용'이라는 단어의 의미를 살펴보면, '중'(中)은 흐르는 양극의 합일점으로서 편향되거나 치우치지 않는 것이고, 용(庸)은 과거, 현재, 미래를 통틀어 존재하는 것을 의미합니다.* 다시 말해, 중은 공간적으로 양쪽 끝 어디에도 편향되지 않는 것이고, 용은 시간적으로 변하지 않는 성정 혹은 언제나 변함없이 지키는 원리를 의미합니다. 이처럼 중용은 늘 변하는 시간을 전제로 하며, 어떤 시점을 고수하지 않고 때에 맞게 가장 좋은 것을 택할 수 있는 덕이라고 보면 되겠습니다. 삶의 상황은 매번 달라지고 우리 마음의 흐름도 그렇습니다. 현재의 자신을 보지 않고 과거 어떤 시점에 매여 있는 사람들, 혹은 자신이 누구인지도 모른 채 변화하는 현실에 맹목적으로 맞추기만 하는 사람들, 그들에게서 통합된 인격을 발견하기는 힘들 것입니다.

불확실성은 삶의 본질이다

자신이 만들어 놓은 틀에 매이지 않고 새로운 여건에 적응해 가는 유연성이 기쁨의 영성의 조건입니다. 그리고 그 유연성은 결국 불확실성이라는 삶의 본질을 깊이 받아들이는 데서 옵니다. 젊은 시절에 비해 나이가 들면 아무래도 이런 유연성이 떨어지기 쉽습니다. 오래 일해 온 직장에서

* 《한국민족문화대백과사전》, https://encykorea.aks.ac.kr

'나는 늘 이렇게 해 왔다'고 주장하며 싸우다 보면, 영혼의 기쁨은 어느덧 저만치 멀어져 있습니다. 분노나 섭섭함 없이 '이제 새로운 생각들이 이렇게 제시되고 있구나' '상대방의 생각이 나랑은 이런 점에서 다르구나' 하고 인정하는 태도, 현 상황에서의 최선을 늘 궁리하고 선택하는 유연성은, 나이를 먹으면서 계속 노력해야 하는 덕목입니다.

십 수 년 전에 친구가 선교하는 아르헨티나에 찾아간 적이 있었습니다. 친구는 이구아수 폭포를 더 아름답게 보기 위해서 국경 건너 파라과이로 갈 거라고 미리 얘기해 주었는데, 그 말을 잊고 나는 여권을 가져가지 않았습니다. 파라과이로 갈 수 없음을 알고 너무 당황하고 또 미안해서 어쩔 줄 모르고 있는데, 친구가 아주 재빠르게 "괜찮아. 아무 일도 아니야"라고 위로해 주었습니다. 이렇게 멀리 왔는데 꼭 파라과이에 가서 폭포를 보았어야 했다고 끌탕하는 나와는 달리, 친구는 차분하게 나를 위로하며 달래 주었습니다. 친구의 따스한 마음씨와, 건강한 검은 대지에 코를 박고 식사하는 수백만 마리 나비들과, 아름다운 폭포의 기억은 지금까지도 제게 잔잔한 기쁨을 줍니다. 만약 파라과이로 가서 이구아수의 절경을 보았다면 그저 아름다운 폭포에 대한 기억만 남았겠지만, 내 친구의 친절한 유연성 덕분에 그날은 이렇게 시간이 지난 후에도 생생하게 기쁨을 주는 기억으로 남았습니다.

삶의 유연성은 깊은 겸손에서 나옵니다. 겸손이란 결국 자신이 모든 상황을 통제하는 게 아니라는 깊은 깨달음에서 옵니다. 우리는 각자 주어진 시간을 살다가, 이 세상을 떠나갑니다. 우리가 사는 세상에서 확실한 것은 하나도 없습니다. 그런데 이 진실이 두렵기 때문에, 우리는 진실을 외면한 채 모든 것을 다 통제할 수 있는 것처럼 행동하는 것입니다.

삶의 유연성은 또한 어려움을 겪어도 무너지지 않고 다시 우뚝 서는 탄력성을 말합니다. 살면서 도전이 없는 인생은 없습니다. 완벽한 인생도 없습니다. 삶은 결코 우리가 계획한 대로 되지 않습니다. 그렇다면 우리는 불확실성을 받아들여야 하고, 그러기 위해서는 자기 안에 고착된 단단한 구조를 느슨하게 풀어야 합니다. 이때 다른 사람들의 이야기를 잘 듣는 것이 도움이 되는데, 타인의 아픔에 함께

울 수 있을 때 자신이 겪는 실존적 고통을 다룰 지혜와 용
기가 생기기 때문입니다. 또 텍스트를 통해 성찰함으로써
자신이 가진 생각과 마음의 회로를 수정할 수도 있습니다
(이에 대해서는 8장에서 자세하게 다룹니다).

감각 훈련

이제 좀 더 구체적인 훈련으로 들어갈 차례입니다. 문득,
무언가 뾰족하게 찔린 것 같은 아픔이 세상에서 틈새를 만
들고 그 틈새로 아름다움을 만난다고 했던 C. S. 루이스의
말이 생각납니다. 저에게는 그것이 마음에 와 닿는 시 한
소절을 만난다거나, 읽고 싶은 책이 그득한 도서관에서 책
제목들을 구경할 때인 것 같습니다. 그리고 모든 것이 낮고
작아서 가깝게 느껴지는 흐린 가을날에도 이런 뾰족한 아
픔이 영혼에 만들어 내는 빈자리를 느끼곤 합니다. 이런 틈
새가 주는 기쁨은 고요하고 내밀한 영적 감수성과 관련이
있으며, 따라서 생활 속에서 그 기쁨을 감각하고 유지하는

꾸준한 훈련이 필요합니다. 이제 여러 영성 전통에서 가르치는 감각 훈련법을 소개하겠습니다.

의식 성찰

가톨릭 전통에는 '의식 성찰'이라는 기도가 있습니다. 이 기도는 말 그대로 자기 영혼의 의식이 어떻게 흘러갔는지를 돌아봄으로 시작됩니다. 있는 그대로의 자신을 바라보고, 일상 속에서 하느님의 현존을 느낀 순간들을 돌아보는 것입니다. 이는 하루의 여러 감사한 순간들을 돌아보는 일이기도 합니다. 또 감사와는 거리가 먼 감정이 들었던 순간들도 편안하게 돌아보기를 권장합니다. 이 기도는 하루 동안 어떻게 마음이 흘러갔는지를 돌아보면서, 지금 이 순간 하느님이 나를 어디로 인도하시는가에 귀 기울이는 기도입니다. 의식 성찰은 제가 가장 좋아하는 기도인데, 이 기도를 통해 삶의 기쁨을 가로막는 여러 감정의 기제들과 그것들이 형성하는 행동 패턴을 알게 되었던 것 같습니다.

대개 의식 성찰은 점심 식사 후와 취침 전에 합니다. 하루를 돌아보며 가장 감사한 일, 혹은 마음에 가장 걸리는 일들을 적어 나갑니다. 나열식의 작성도 괜찮지만, 가능한 한 상세하고 정확하게 기록하는 것이 좋습니다. 자신이 하루 중 언제, 어떤 상황에 감사를 주로 느끼는지, 자신의 패턴을 발견하는 것이 중요합니다.

하나의 사례로서, 제가 지난 겨울의 어느 토요일에 했던 의식 성찰을 나누어 보겠습니다. 그날 저는 감기로 몸이 불편해서 새벽부터 깨어 있었습니다. 처음 눈 뜬 시간은 새벽 3시였는데, 이 시간 공기의 결이 어떠한지, 그리고 하늘은 어떤 빛인지를 본 적이 별로 없어서 얼른 부엌에 난 작은 문을 열고 베란다에 나가 하늘을 살펴보았습니다. 그리고 아침 기도를 간단하게 바친 후 4시의 공기와 빛깔을 또 관찰했습니다. 낯선 아름다움과 축축한 공기에 젖은 나무의 신선한 향기에 마음이 무척 행복했습니다. 그리고 5시에 밝아 오는 햇살을 보며 커피를 마셨는데, 커피 향과 아침 5시라는 시간이 마치 조화로운 한 쌍의 연인처럼 잘 어울려서 감사했습니다. 그렇게 앉아서 천천히 제임스 조이스의《젊은 예술가의 초상》을 읽었는데, 유려한 문장과 아일랜드의 가톨릭 정서가 어릴 적 다니던 성당의 추억을 떠올려 주어 또 행복해졌습니다. 10시에는 따스한 햇빛을 등에 받으며 다소 한가한 신년의 거리를 천천히 걸었습니다. 모든 것을 다 내려놓은 나무에 기대어 하늘도 올려다보고, 까마귀가 나무 위에 걸터앉아 유유자적 명상하는 모습을 훔쳐보며 사진을 찍었습니다. 손가락이 셔터에 닿는 그 순간이 무척 좋았습니다.

저는 자연과 함께 있을 때, 그리고 혼자 산책할 때 금방 마음이 기뻐진다는 것을 알 수 있습니다. 거대한 자연보다는, 어느 정도는 친숙하고 어느 정도는 새로워서 두려움 없이 관찰하며 새로움을 느낄 수 있는 정도가 저에게는 더할 나위 없이 좋습니다. 친절한 고양이를 만나서 인사도 하고, 뒤를 졸졸 따라오는 고양이와 친교를 즐기는 것도 좋습니다. 물론 고양이들은 자기 구역을 벗어나지 않는 범위에서 자기가 오고 싶은 만큼만 따라옵니다. 적당한 피로감, 그리고 잠깐 벤치에 앉아 햇빛을 받는 일도 기쁨 지수를 올려줍니다. 이런 순간들을 자주 떠올려 보는 의식 성찰은 내 기쁨의 결이 어떠하고 그 온도가 어느 정도인지를 잘 알 수 있게 합니다. 그리고 저의 행복 감수성 지수는 이런 것들의 총합일 것입니다.

특히 의식 성찰은 어딘가 불편한 마음, 즉 기쁨을 방해하는 제 여러 성향들을 알아차리게 도와줍니다. 시기심, 열등감, 우월감은 순수한 삶의 기쁨을 빼앗아 갑니다. 의식 성찰은 수도원에서 전해 오는 가장 오래된 기도 중의 하나인데, 이 기도를 드리던 수도자들은 자기의 결점을 교정하기 위해 돌멩이를 사용했습니다. 가령 사신이 남보다 더 낫다는 교만한 생각을 고치고 싶은 수도자는, 다른 수도 형제나 자매를 업신여기는 마음 혹은 자신이 더 잘났다는 생각이 들 때마다 돌멩이를 주머니에 넣었다고 합니다. 그리고 잠자리에 들기 전에 자신이 얼마나 자주 그런 오류에 빠졌는지 세어 보며 결점을 고쳐 나갔습니다.

이런 의식 성찰을 하다 보면, 자신에게 질투나 욕심 등이 언제 일어나고 어디서 오는지를 바라보게 됩니다. 잘 들여다보면, 어린 시절의 환경이나 교육, 자라면서 가졌던 열등감과 특권의식 같은 여러 요인들이 주변에서 일어나는 일을 받아들이는 방식을 결정한다는 것을 알게 됩니다. 이런 여러 마음들이 어디서 오는지를 알아 가는 의식 성찰은, 무엇보다 자신을 잘 알고 깊이 받아들이게 된다는 점에서 중요한 훈련입니다. 그래서 이런 부정적인 경험 자체에 대해서도 감사하게 되는 것이지요. 각자 마음에 드는 노트를 한 권 마련해서 의식 성찰을 한 번쯤 해 보시기를 권합니다.

현재에 머무르기

시간과 공간의 제한을 받는 인간에게, 현재를 사는 것은 인생을 가장 풍부하게 사는 방법입니다. 과거는 오직 기억으로만 존재합니다. 어떤 사람은 좋았던 기억에만 머물기 위해 현실을 왜곡합니다. 영화 〈선셋 대로〉(The Sunset Blvd)는, 무성영화 시대의 유명 배우가 자신의 노화와 쇠퇴를 받아들이지 못해 계속 자신의 젊은 시절에 병적으로 머물러 있는 모습을 그린 영화입니다. 흘러가는 삶의 본질을 받아들이지 않고 한 곳에 머무르려면 현실과 사고를 계속 왜곡시켜야 합니다. 그러다 현실을 마주 대하는 순간이 오면 생존 자체가 위기에 놓입니다. 그런 인생에는 기쁨이 있을 수 없습니다. 진정한 기쁨이란 삶의 실재에 깊이 뿌리내리는 것이기 때문입니다.

또한 미래를 위해 목표를 세우고 하나하나 이루어 나가는 일은 기쁨을 주지만, 많은 스트레스를 가져온다는 것도 부정할 수 없습니다. 뇌신경 연구를 보면, 인간이 목표를 세우고 자신을 채찍질할 때 온 몸과 마음이 전투 태세가 되는 것을 알 수 있습니다. 목표를 이루기 위해 몸이 경쟁 상태가 되면, 긴장과 불안 같은 여러 부정적 정서가 생기고 이는 신체 건강뿐 아니라 우울함이나 자살 충동 등 정신적 문제를 가져오기도 합니다.

그렇게 목표를 이루고 나서도 생각한 것만큼 행복해지지 않는다는 점도 씁쓸합니다. 결국 우리가 원했던 것이 우리의 진정한 욕망이 아닌 타자가 강요한 것이기 때문인지도 모르겠습니다. "인간은 타자의 욕구를 욕망한다"고 했던 라캉의 아주 유명한 명제처럼 말입니다. 특히 요즘 같은 소비의 시대에 우리가 원하는 것은 광고에 의해 통제되며, 우리는 소비 시스템이라는 거대한 기계의 한 부품으로 편입됩니다. 이렇게 무한대의 욕망을 따라가는 한편, 이 백세 시대에 자신이 벌어 놓은 돈으로 충분히 잘살 수 있을까 하는 불안으로 사람들이 고통당하는 모습이 안타깝습니다.

무엇보다 유념할 것은, 살아가면서 시선이 온통 미래를 향해 있으면 현재 선물로 주어진 소소한 것들을 누리지 못한다는 점입니다. 행복을 준다는 파랑새를 찾아 이리저리 헤매다 집에 돌아오니 파랑새가 집에 있더라는 이야기처럼 말입니다. 우리는 결코 미래를 통제할 수 없습니다. 죽음을 포함하여, 자기 삶에 불행한 일이 일어나는 것도 막을 수 없습니다.

　2017년 태국에서 잠시 지낼 때 만났던 한 스님은 '지금'이라는 말을 가지고 계속 명상할 것을 제게 권해 주었습니다. 마음이 스산하고 복잡할 때, 공연히 과거의 어두운 역사가 떠올라 괴로울 때, 막연한 미래에 대해 불안한 마음이 일 때 '지금'이라는 말을 되뇌며 현재에 머무는 연습을 하라는 것입니다. 호흡을 너무 깊이 할 필요도 없고, 자세를 바로 하려고 너무 무리하지 말고, 조금씩 자신의 숨을 들여다보면서 '지금' 혹은 '여기'라는 말을 되뇌라고 그분은 가르쳐 주셨습니다. 지금을 연장해서 사는 것이 결국 삶을 충만하게 사는 길이라는 것입니다. 그리스도교에서는 그것을 하느님의 현존 안에 사는 길이라고 말합니다.

현재를 살기 위해 가장 효과적인 수행법은 호흡입니다. 숨쉬기는 내가 피조물이고 고유한 나 자신임을 스스로 몸으로 체득하는 방법입니다. 제자리에 앉아 숨에 집중하는 것은 자기 안에 있는 생명 혹은 존재를 바라보는 훈련입니다. 호흡과 관련하여 아빌라의 테레사가 가르친 '고요의 기도'는, 하느님을 떠올리며 그분의 현존에 머무는 기도입니다. 또 러시아 정교에는 '자비를 구하는 기도'가 있는데 "주여, 나에게 자비를 베푸소서"라는 기도 문구를 호흡과 함께 끝없이 내뱉는 기도입니다. 성모 마리아가 가브리엘 천사의 메시지에 응답했던 기도인 "그대로 내게 이루어지소서"를 평생 자신의 기도 문구로 삼아도 좋을 것입니다. 한편 불가에서 하는 절 수행, 힌두교의 요가나 명상 춤 같은 것들도, 과거로 인한 괴로움이나 미래에 대한 두려움에서 벗어나 현재에 머무르고 현재를 연장할 수 있는 좋은 호흡 훈련입니다.

감사하기

행복해지기 위해 감사하라는 말을 우리는 자주 듣습니다.
왜일까요? 뇌과학 연구에 따르면, 뇌는 경험에 대한 기억
을 가지고 행동 패턴을 결정한다고 합니다. 예를 들어, 누
군가를 사랑했지만 이루어지지 못했던 기억이 있다면 그
가슴 아프고 외로웠던 느낌이 뇌에 저장되고, 그 후 누군가
를 사랑하게 될 때마다 그 느낌이 마치 컴퓨터에 설치된 기
본 프로그램처럼 자동으로 소환된다고 합니다. 그런데 불
행하게도, 우리의 뇌는 부정적인 경험을 긍정적 경험의 다
섯 배 정도 강하게 기억하는 경향이 있다고 합니다. 바로
생존을 위해 긴장과 경계를 늦출 수 없는 뇌의 전략이겠
지요.

그렇다면 이렇게 부정적인 것을 훨씬 더 강하게 기억하
는 패턴을 바꾸어야 합니다. 이미 굳어 버린 부정적인 회로
를 수정하는 길은 새로운 경험들을 긍정적이고 따스하게
바라보는 것입니다. 마치 새로운 물길을 트는 것처럼 감정
의 훈련을 반복하다 보면, 새로운 방식으로 상황을 바라보
게 됩니다. 그것을 위해 가장 권장되는 수련법은 감사하는

훈련입니다.

감사의 반대말이 무엇일까 생각해 보면, 당연함입니다. 나에게 주어진 모든 것을 당연하게 여기면, 모든 것은 권리가 되고 더 많은 것을 요구하게 됩니다. 그래서 많은 기득권을 가진 사람일수록 감사를 잊고 사는 경향이 있습니다. 당연한 권리처럼 생각되기 때문입니다. 엄밀히 생각해 보면, 빈손으로 와서 빈손으로 돌아가는 인생 여정에서, 주어지지 않은 것은 거의 없습니다. 우리 마음을 따스하게 해주는 가로수에 잎이 돋고 그 나무가 점점 푸르러지는 데 우리가 기여한 것은 아무것도 없습니다. 인생의 모든 것이 선물이라고 생각할 때, 비로소 우리는 감사를 느낄 수 있습니다.

언젠가 버클리에서 감사하는 마음에 대한 틱낫한 스님의 가르침을 들은 적이 있는데, 그 기억이 아직도 마음에 남아 있습니다. 스님은 한 알의 곡식에서 햇빛과 바람, 여름의 소나기, 농부의 손길을 보라고 말씀하셨습니다. 이 말은 제가 아는 가장 기본적인 감사 기도인 가톨릭 교회의 식사 전 기도와 그 의미가 맞닿아 있습니다. 특히 이 기도의 영어

원문을 보면 감사의 정신이 잘 드러납니다.

Bless us, O Lord, and these Your gifts, which we are about
to receive from Your bounty.
주여, 은혜로이 내려 주신 이 음식과 우리에게 강복하
소서.

영어 기도에서는 선물의 개념이 매우 강조됩니다. 우리
가 매일 먹는 음식이 차려진 식탁에서 바람과 햇살, 흙과
비, 그리고 누군가의 수고를 생각한다면 감사하지 않을 수
없으며, 이 생명의 고리에 세상이 연결되어 있음에 감동하
게 됩니다.

달라이 라마와 데스몬드 투투 대주교가 함께하는 자리는
언제나 기쁨이 흘러넘칩니다. 두 분이 함께 모여 기쁨에 대
해 이야기를 나눈 적이 있는데, 두 분은 모두 감사를 느끼
는 삶을 강조합니다. 감사할 때 인생의 맛을 음미할 수 있
고, 다른 사람들로부터 오는 생의 축복들을 깨닫는 감수성
을 얻기 때문입니다. 두 분이 소개하는 감사 훈련법은 다음

과 같습니다. 첫째, 눈을 감고 하루 중 감사한 마음이 드는 일 세 가지를 떠올립니다. 친구가 보여 준 친절과 너그러운 마음일 수도 있고, 햇살의 따스함 혹은 밤하늘의 아름다움일 수도 있습니다. 떠올리는 것은 무엇보다 구체적이어야 합니다. 둘째, 그 세 가지를 노트에 적습니다. 마음속으로 떠오른 이 기억들을 적어 나갈 때, 두려움과 불안이 줄어들고 안정감과 평화로움을 느낄 수 있습니다. 노트에 적어 나갈 때마다, 매번 다른 것을 써 보려고 노력하십시오.[*]

감사가 세상과 타인을 바라보는 새로운 시선이라면, 친절함은 그것을 드러내는 멋진 표현입니다. 친절한 말과 행동, 친절한 응시, 정성을 담은 선물 등 다양한 방식이 있겠지요. 성당에서 주일학교 교사를 하던 시절 우리 반의 한 어린이가 적어 낸 "예쁜 미소"라는 결심도 떠오릅니다. 그리고 감사의 또 다른 표현으로 제시하고 싶은 것은, 매일 아는 사람들에게 행복과 축복을 보내는 일입니다. 이것은 일종의 청원 기도일 수도 있고 축복 기도일 수도 있는데,

---

[*] 《JOY 기쁨의 발견》, pp. 391-392.

저는 저와 연결된 모든 사랑하는 이들에게 축복을 보내는 마음으로 이 기도를 드립니다. 몸이 아픈 친구, 불안한 사람, 슬픈 사람, 그리고 돌아가신 분들도 생각합니다. 산 자와 죽은 자 모두가 서로 연결되어 있음을 믿고 감사하며 그들을 기억합니다. 이렇게 누군가를 기억하고 축복하다 보면, 우리 모두가 사랑의 고리로 연결되어 있음을 깨닫게 되고, 어느새 삶이 풍요로워짐을 느낍니다.

공감하기

달라이 라마는 모두가 행복하고 기쁘게 살아가는 세상을 만들기 위해서는 공감하기를 배워야 한다고 주장합니다. 그는 하루에 십 분씩만 공감하는 법을 연습하면 하루 24시간이 즐거울 수 있다고 합니다. 다음은 《JOY 기쁨의 발견》에 나오는 공감 훈련 명상법입니다. 이 명상은 사랑하는 사람, 자신, 그리고 좋아하지도 싫어하지도 않는 사람, 현재 사랑할 수 없는 사람으로까지 공감을 연장하는 연습입니다.

우선, 편안하게 앉습니다. 그리고 긴 호흡을 여러 번 합니다. 이때 코로 숨을 들이마시고 내쉬면서 몸에 일어나는 반응에 집중해야 합니다. 그런 다음 사랑하는 친구나 가족, 혹은 반려동물을 생각하고 상상 속에서 그들의 얼굴을 그려 보고 함께 있을 때의 느낌을 상상합니다. 마음에 어떤 것이 일어나든지 그것을 느끼고, 마음이 따스해지거나 부드러워지거나 혹은 애정이 생긴다면 그 감정에 머무릅니다. 이제 조용히 다음의 구절을 읊도록 힙니다.

당신이 고통으로부터 자유로워지기를.

당신이 건강하기를.

당신이 행복하기를.

당신이 기쁨과 평화를 누리기를.*

숨을 들이마시고 숨을 내쉴 때, 마음으로부터 따스한 빛이 나간다고 상상하고 그에게 평화와 기쁨을 가져다주는 상상을 합니다. 그리고 그가 행복해지는 상상을 1-2분간

---

* 《JOY 기쁨의 발견》, pp. 393.

즐기도록 합니다. 그런 다음 그 사람이 어려웠던 시간을 기억합니다. 그들의 아픔에 대해 일어나는 감정과 느낌들을 살펴보면서, 잠시 머무릅니다. 다시 동일한 구절을 읊습니다. 마음으로부터 따스한 빛이 나온다고 상상하면서, 상상 속에서 그 사람의 아픔을 달래 주는 마음으로 얼굴을 어루만집니다. 그리고 그 사람이 고통에서 자유롭기를 바라는 마음으로 상상을 마치면 됩니다.

　그리고 같은 과정을 자기 자신을 향해 진행합니다. 더 나아가, 자신이 좋아하지도 싫어하지도 않는 어떤 사람, 이 지구에 살고 있는 모든 사람들, 그리고 심지어 현재 관계가 좋지 않은 사람까지 포함시켜 봅니다. 사실 이 세상 모든 사람들은 예외 없이 행복을 원하고, 고통으로부터 자유로워지고 싶어 하는 존재니까요. 공감과 배려심이 당신의 마음을 채우도록 하고 따스함과 부드러움, 다정함을 느낍니다. 그리고 공감 어린 따스한 마음을 세상을 향해 비추는 상상을 합니다.

　저는 개인적으로 이 수련을 하면서, 제가 중립적으로 대하는 사람이 거의 없다는 사실에 깜짝 놀랐습니다. 그래서 내가 불편을 느끼는 사람을 최소한 중립적인 자리로 돌려 놓는 연습이 저에게 가장 필요하다는 것을 알았습니다. 물론 모든 관계가 다 좋은 관계일 수는 없습니다. 나와 껄끄러운 관계에 있다고 해도, 그 사람이 고통으로부터 자유롭기를 기원할 수는 있으니까요. 모든 사람이 다 나를 좋아할 필요도 없습니다. 그러나 분명한 것은 모든 사람이 고통으로부터의 자유를 원한다는 것입니다. 그리고 우리는 모두 그러한 상태를 향해 힘겨움을 무릅쓰고 나아가고 있는 사람들인 것입니다.

받아들이기

기쁨을 누리는 영적 훈련의 정점은 받아들이기입니다. 한 그루의 나무가 한 그루의 나무로서 존재하는 그곳에 기쁨이 있다고 틱낫한 스님은 이야기합니다. 내가 나로서 존재한다는 것은 어찌 보면 꽤 당연한 이야기지만, 결코 쉬운 일이 아닙니다. 왜냐하면 그러기 위해서는 내가 누구인지를 먼저 알아야 하고, 그 내용을 진심으로 받아들이고, 그런 다음에는 그 내용을 살아내야 하기 때문에 그렇습니다. 중독으로부터 자유를 추구하는 '익명의 알코올 중독자 모임'(AA)에서 자주 사용하는 평온함을 위한 기도가 있습니다.

하느님, 내가 바꿀 수 없는 것들을
인정하는 고요함과,
바꿀 수 있는 것을 바꾸는 용기와,
그 둘의 차이를 아는 지혜를 제게 주소서.

이것은 미국의 신학자 라인홀드 니버(Rheinad Neibuhr)가 쓴 매우 유명한 시로, 자신의 어떤 부분이 바뀔 수 있고 또 바뀔 수 없는지를 구분하는 지혜가 얼마나 중요한지를 보여 줍니다. 우리는 가끔 '나는 이런 사람이고, 이 정도는 되는 사람'이라고 고집하는 경우가 있습니다. 그럴 필요가 없는데, 있지도 않은 누군가를 의식하며 끝없이 자기를 괴롭힙니다.

노령 인구가 현저히 늘어난 시대에 진입한 한국 사회에서는 노년에 대한 여러 책들이 나오고 있습니다. 내용들을 종합해 보면, '내가 이런 수준의 사람이다'라든지 '나는 적어도 이렇게는 살아야 한다'라는 체면이나 타이틀을 깨끗이 잊어버리라고 충고합니다. 성공을 위해서 어떤 노력을 하는 것도 좋지만, 그보다는 다른 사람에게 어떤 도움이라도 될 수 있다면 그런 일을 찾아서 해 보라고 권합니다. 다른 사람들이 하지 않으려고 하는 일을 맡아서 하는 것도 좋은 방법입니다. 세상은 빠르게 변하고, 삶의 방식도 달라집니다. 어느 순간 내가 중요한 자리에 있을 수도 있고, 또 아닐 수도 있습니다. 그리고 이런 진실을 우리가 바꿀 수 없음을 인정해야 합니다. 그러기 위해서는 매 순간 균형감과 탄력성을 가지고, 새로운 것을 받아들일 수 있어야 합니다. 이 두 가지 덕목을 갖지 못한다면, 우리는 좀처럼 만족하지 못하는 불행한 고집불통으로 살아가게 될 것입니다.

그러면 먼저 균형감을 유지하는 '마음의 지도' 훈련을 소개하겠습니다. 만일 마음에 어떤 부담을 주거나 감정적으로 화가 나는 일, 혹은 두려움을 주는 일이 생겼다면 눈을 감거나 노트를 펼쳐서 마음의 지도를 그려 봅니다. 지도를 그리기 위해, 먼저 어떤 감정들이 느껴지는지 하나하나 떠올려 보고 어떤 색깔인지, 몸의 어느 부분에서 일어나는 생각이나 느낌인지를 살펴보고 기술합니다.

제 개인적인 예를 들어 보겠습니다. 새로운 총장이 일을 처리하는 방식이 너무 독단적이라는 문제가 있다면, 먼저 제게 어떤 감정이 일어나는지를 살펴봅니다. 원리를 무시한 정책과 막무가내인 태도에 대한 분노, 동료들이 자리를 잃게 된 데 대한 슬픔, 앞으로 이 사람이 계속 일을 이런 식으로 처리하면 어떡하나 하는 우려 등을 하나하나 헤아립니다. 그리고 이 감정들이 무슨 색깔인지 잘 살펴봅니다. 원리를 무시한 정책 결정에 대한 부정적인 감정은 아랫배 쪽에 자리하고, 색깔은 짙은 갈색입니다. 막무가내인 일처리 방식은 명치 아래쪽이 눌리는 느낌이며 색깔은 보라색입니다. 이번 일로 학교를 떠나야 하는 동료를 생각하니 어깨 쪽이 아프고 색깔은 초록색입니다. 이 사람과 앞으로도 일을 같이 해야 한다는 걱정은 머리 쪽에서 느껴지는 감정이고 훨씬 밝은 색입니다.

이제 그것들이 뜻하는 바가 무엇인지를 잠시 생각해 봅니다. 원리를 무시한 정책 결정에 대한 분노는 근본적으로 제가 원래 가지고 있는 부정적 감정이라는 생각이 듭니다. 일 처리 방식에 대한 것은 가장 직접적으로 화가 나는 부분이며 저의 눌린 감정이 날카롭게 느껴집니다. 또 함께 일했던 동료를 구조조정으로 떠나보내야 하는 데 대한 감정은, 좀 더 효과적으로 타협하며 해결하지 못했다는 무거운 죄책감임을 깨닫게 됩니다. 또 앞으로 이 사람과 어떻게 일을 해 나가야 하는가에 대해서는 떠오르는 특별한 감정이 별로 없고, 적절한 방법을 찾고 싶다는 것을 알 수 있습니다.

처음에 이 마음의 지도를 그렸을 때는, 복수하고 싶은 감정과 그 사람을 해임해야 한다는 의지가 가슴 한가운데 활활 불타고 있었습니다. 그런데 두 주 후에 그린 지도를 보면 복수의 감정보다는 이 사람과 어떻게 함께 일을 해 나가야 하는가에 더 주목하고 있음을 알 수 있습니다. 그리고 이번에는 총장이 교수단과의 관계에서 느낄 불편함과 신뢰받지 못하는 데서 오는 실망감도 느껴지기 시작했습니다. 처음에는 자신과 동료에 대한 공감력으로만 무장했고, 막상 행정을 해야 하는 사람이 느낄 부담감과 어려움에 대해서는 그다지 공감하지 못했던 것입니다. 그것을 알아차리면서 총장에 대한 부정적 감정은 누그러지고 마음도 한결 가벼워졌습니다.

이 과정에서 제가 인정해야 할 진실은, 늘 변해 가는 삶의 본질 앞에서 나 자신도 변하고 상대도 변하고 일터의 상황도 변해 간다는 것이었습니다. 책임자를 비난하고 힐책하는 건 가장 쉬운 일이지만, 이런 태도는 저를 포함한 많은 사람들의 유익한 에너지를 고갈시킵니다. 저는 이 일을 통해, 바른 일이라고 생각하는 것을 예의 바르고 투명하게 소통하는 훈련, 그리고 소통이 잘 되지 않았을 때도 있는 그대로 그 사실을 받아들이는 훈련이 저에게 필요하다는 것을 배울 수 있었습니다.

이제 두 번째 덕목인 탄력성을 이야기하겠습니다. 탄력성은 몸과 마음을 송두리째 흔드는 경험을 통과하면서도 자기 내면에 깊이 뿌리를 내리고 성장해 가도록 하는 힘입니다. 이 탄력성은 이제까지 말한 여러 훈련의 결과로서 얻어지는 것입니다. 누구도 살면서 힘든 일을 겪지 않을 수 없지만, 그것들이 삶 속에 통합되어 해석되지 않으면, 점점 어떤 불편한 것도 받아들이지 못하게 됩니다. 그럴 때 여러 가지 신경증적 증상이 나타나기도 하고 극단적인 선택을 하기도 합니다. 어렵고 힘든 일을 겪지 않을 수 없고 또 피해 갈 수 없다면, 결국 중요한 것은 해석하는 일입니다. 괴롭고 아픈 경험을 통해 성장하기를 원한다면, 그 경험을 바로 보고 거기서 무엇을 얻었는지를 헤아려 보는 훈련이 중요합니다.

그리스도교 영성에서는 상처를 바라보고 그 상처를 통해 영적으로 어떤 성장을 했는지 자주 돌아보게 합니다. 소크라테스는 '돌아보지 않는 삶은 가치가 없는 삶이다'라고 이야기했는데, 성찰이 그토록 중요한 것은 그것을 통해서 배우고 성장하기 때문입니다. 불가에서는 영안이 트이기 위해서는 소나기가 퍼붓는 것 같은 몽둥이로 일곱 번 맞아야 한다는 말이 있습니다. 어려움을 이겨내고 우뚝 설 수 있는 내적 힘은 그러한 어려움을 감내해 온 경험에서 온다는 뜻입니다. 하지만 그렇다고 모든 아픈 경험이 다 보약이 되지는 않는다는 것을 우리는 잘 알고 있습니다. 그렇다면 어떻게 해야 할까요?

많은 사람들은 내면의 태도를 바꾸라고 이야기하는데, 그중 제가 가장 좋아하는 것은 늘 배우는 태도를 가지는 것입니다. 첫째로, 어떤 어려운 경험을 통해 무엇을 얻었는지를 생각해 보는 것입니다. 당면한 경험이 인생에서 겪은 다른 경험과 어떻게 비슷하고 또 어떻게 다른지에 집중합니다. 만약 전혀 새로운 경험이라면, 그것을 통해 무엇을 배웠는지에 주목합니다. 또 왜 그것이 새로운지에 주목해 봅니다.

제가 일하는 학교에 언제나 성실하게 학생들을 잘 가르치는 노교수가 있었습니다. 모든 일을 잘 기억하고, 누군가 일이 생기면 늘 그 교수를 찾아갔습니다. 그런데 언젠가부터 그는 점점 자기 주장만을 옳게 여겼고 친절한 백인우월주의자라는 평판을 듣기 시작했으며, 사람들은 그와 이야기하기를 꺼리기 시작했습니다. 함께 일하던 동료들은 이미 다 떠났고 그는 세대가 바뀌었다는 사실을 인정하기까지 너무 고통스러웠다고 말했습니다. 아무것도 달라진 것이 없어 보였던 환경이 사실은 달라져 있었던 것입니다. 동료들조차 멀어져 가자 그는 매우 고통스러워했습니다. 보통의 명예교수들에게서 기대할 수 있는 느긋함과 관대함은 그에게 보이지 않았습니다. 그리고 그는 학교를 떠났습니다. 일 년이 지난 후 그와 차를 마시며 대화할 기회가 있었는데, 그는 당시의 경험을 하면서 비로소 세월이 많이 흘렀고 자신이 떠날 때가 되었음을 알아차렸다고 했습니다.

둘째, 이렇게 새로운 의미를 찾은 경험을 반복해서 생각해 봅니다. 그리고 그 경험이 가르쳐 준 것을 떠올릴 때 나오는 감정과 몸의 반응에 머물러 봅니다. 마음이 즐거워진다거나 가슴이 펴진다거나 하는 반응에 오래 머물수록 좋습니다. 그때 우리 몸이 긍정적인 신경전달물질을 배출하고 그 기억이 뇌에 오랫동안 저장되기 때문입니다. 그리고 다시 한 번 그 경험이 왜 중요하고 자신에게 문제가 되었는지, 그것이 인생에 어떤 도움이 될지에 대해 정리하고 노트에 적어 둡니다. 어려운 경험이 찾아올 때마다 이런 식으로 기록해 두고 6개월 혹은 일 년 단위로 읽어 보면, 삶을 기쁘게 꾸려 가는 데 큰 도움이 됩니다.

일상의 발견

행복해져야 하는 의무만큼 평가절하되는 의무는 없다.
-로버트 루이스 스티븐슨

요즘 미국에서는 일상생활에서 기쁨을 만드는 팁을 나누는 블로그들이 인기를 얻고 있습니다. 이 블로그들이 제시하는 내용은 주로 시간과 공간을 잘 관리하면서 스트레스를 줄여 가거나 좀 더 생산적인 삶의 방식을 추구하라는 매우 현실적인 조언들입니다. 이렇게 생활을 잘 정돈하고 조율하는 일만으로도 우리는 삶에서 실제적인 아름다움을 발견하고 기쁨을 얻을 수 있습니다.

행복 프로젝트

〈행복 프로젝트〉(The Happiness Project) 블로그를 처음 시작한 그레첸 루빈(Gretchen Rubin)이라는 여성은, 사랑스런 두 어린 딸과 멋지고 잘생긴 남편과 뉴욕에서 안정된 삶을 살고 있었습니다. 좋아하는 일을 하고 있고, 게다가 성공적인 편입니다. 그런데 어느 날 퇴근길 버스에서 왜 자신은 행복하다고 느끼지 않는가 하는 정직한 질문이 떠올랐습니다. 그녀는 흔들리는 버스 창에 머리를 기대어 멋진 상상을 시작합니다. 만일 신선한 바람이 불어 와 모든 것을 씻어 줄 것 같은 이름 없는 무인도에서 아리스토텔레스를 읽으며 사색에 잠길 수 있다면 얼마나 행복할까 하고요.

하지만 이내 그렇게 현실을 무시하고 얻는 행복감과 기쁨은 진정한 것이 아닐 거라는 생각을 하게 됩니다. 일상이 더 이상 기쁨을 주지 못하고 너덜너덜하고 팍팍하다고만 느끼고 있다면, 행복하지 않은 것이 아니라 '행복은 이런 것이다'라고 정해 놓은 지표들이 잘못된 것이 아닐까 하는 생각에 이르게 된 것이지요. 일이 완벽하게 풀려야 한다거나 자녀들이 모두 공부를 잘해야 하고, 정원이 딸린 집이 있다거나 사회적으로 성공해야 한다는 등의 지표 말입니다. 이런 것들은 스스로 만든 것일 수도 있고 사회가 요구하는 것일 수도 있겠습니다. 그녀는 어쩌면 이런 지표에 맞추느라 기를 쓰며 유지해 온 생활 패턴이 기쁨을 방해하는 것은 아닐까 하는 의심을 시작합니다. 이런 생각을 하던 그때, 한 손으로는 핸드폰을 들고 다른 한 손으로는 유모차를 끌며 어깨에 우산을 걸치고 급하게 걸어가는 한 여성을 차창 너머로 보면서, 그 여성이 자신과 무척 닮았다는 생각을 합니다. 그러다 버스가 급정거를 했고, 그는 서둘러 내립니다.

그리고 그날 밤 그녀는 어떻게 하면 인생을 마치 맛있는 케이크처럼 맛보며 기쁨을 간직할 수 있을까, 또 이런 기쁨을 누리지 못하는 자신에게 어떤 문제가 있을까를 관찰하고 연구해 보기로 결심합니다. 이런 결심으로 블로그를 시작하여 사람들과 소통하며 행복과 기쁨을 연구했는데, 그 내용을 정리하여 출간한 책이 바로《무조건 행복할 것》입니다.

그 책 서문을 읽다가 이런 구절이 눈에 들어왔습니다. "나는 세상과 삶을 보는 관점을 바꾸기로 결심하고, 그러기 위해서 시간을 내기로 했다." 관점을 바꾸기로 결심했다는 것은 그다지 새로울 것이 없어 보이지만, 그렇게 하기 위해 시간을 내기로 했다는 점이 제게는 무척 참신하게 보였습니다. 시간을 만들어 보는 것! 그러니까 시간을 떼어 놓고, 매일의 시간과 공간 안에서 구체적인 행동을 관찰하면서 자신의 삶을 바라보고 이해하는 관점을 바꾸어 가겠다는 것은, 어쩌면 저자의 내면에서 일어난 코페르니쿠스의 대전환 같은 것이 아니었을까 생각합니다.

엄마로 또 누군가의 아내로 살아가며, 시가와 친정의 부모님을 챙겨야 하고 더구나 직장인으로 일하는 삶. 사십대 여성들과 이야기를 하다 보면, 자기 삶은 어디에도 없다는 이야기를 많이 듣게 됩니다. 연구보다는 강의가 중심인 대학에서 여러 과목을 가르치며 영성지도를 하고 글을 쓰는 저도 그렇습니다. 때로는 정말 하루가 24시간으로는 부족하다는 푸념이 나옵니다. 그런데 어떻게 삶의 기쁨을 느낀다는 말입니까, 하고 누군가 묻는다면 저는 그레첸이 단순하게 제시한 대로 '시간을 내라'고 말하고 싶습니다. 더 엄밀히 말하면 자기를 위한 시간이어야 합니다.

이는 양으로 계산할 수 있는 시간이 아니기에, 꼭 길어야 할 필요도 없습니다. 하루 혹은 한 주에 10-20분이라도 좋습니다. 내면의 공간을 만들든 혹은 실질적인 어떤 일을 하든, 무엇보다 먼저 해야 할 일은 자기를 위한 시간을 만드는 일입니다. 그것은 삶이 행복하다는 것을 느끼고 만지고 또 알 수 있는 특별한 시간입니다. 의도적으로 확보한 그 시간을 보내면서, 어떤 것을 할 때 혹은 어떤 시선으로 자신의 삶을 바라볼 때 기쁨이 느껴지는지 찾아내야 합니다. 이 책에서 저자는 일 년 동안 열두 개의 결심 사항을 실천함으로써 자기 삶의 깊은 곳으로 들어가는(어떤 때는 실패하고 어떤 때는 성공하는) 과정을 기록했습니다. 그리고 점차 일상의 결 자체가 변화되어 가는 모습을 보여 줍니다.

너무 할 일이 많아서 비는 시간이 없을 때, 저는 숨을 내쉬며 가만히 시간표를 들여다봅니다. 일정 하나하나를 살펴보노라면, 그래도 어김없이 10-20분 정도의 여유는 있다는 것이 참 신기합니다. 그 시간에 '나를 위한 시간'이라고 적습니다. 무엇을 하든 상관없습니다. 나를 위한 시간을 확인하는 것이 중요합니다. 밥 말리의 〈원 네이션〉(One Nation)을 열 번 들어도 좋고, 좋아하는 시나 그림을 감상해도 좋습니다. 분명한 것은, 일상의 꽉 짜인 시간표 속에서도 내 삶이 행복하다는 것을 혹은 이것이 내 삶임을 확인시켜 주는 시간이 엄연히 존재한다는 것 자체가 일상을 빛나게 할 수 있다는 사실입니다. 그래서 이 시간에 금을 긋고 특별한 표시를 하면서 자신에게 잠깐 특별 대우를 하는 것입니다. 이런 시간을 계속 만들어 나가면서, 내 생의 바다에서 기쁨의 물고기를 잡을 수 있는 그물을 만들어 가는 것입니다. 자신에게 주는 조그만 선물이 꼭 어떤 거창한 일일 필요는 없습니다.

저는 이 책을 준비하면서, 한 학기 동안 신입생들과 함께 〈일상생활 기쁘게 만들기 프로젝트〉라는 수업을 진행해 보았습니다. 우리는 먼저 어떻게 하면 삶의 스트레스를 줄일수 있을까 생각해 보고 그것을 한 학기 동안 실행하는 작업을 하기로 했습니다. 이에 학생들은 여러 가지 계획들을 적었습니다.

-12시 전에 잠자리에 든다.

-가족과 시간을 보낸다(페이스타임이나 페이스북).

-다시 신앙생활을 시작한다.

-친구들과 놀기 전에 숙제를 마친다.

-세탁을 마치면 꼭 개 놓는다(건조기에 그냥 둔 세탁물
은 구겨져서 보기 흉하니까).

-매일 운동을 한다.

-매일 플래너를 사용해 삶을 잘 계획하고 경영한다.

-쉬는 시간을 창조적으로 보낸다.

-뛰기 전에 먹지 않는다.

-건강하게 먹고, 물을 자주 마신다.

-불평불만이 많거나 나를 비난하는 사람을 가까이 하
지 않는다.

-기도한다.

-언제나 자신에게 진실하고자 노력한다.

-다른 사람이 내 생각을 결정하지 않도록 한다.

-고요한 시간을 가지며 명상한다.

-가족과 너무 자주 연락하지 않는다.

-기꺼이 길을 잃어 보고 다시 방향을 찾는다.

-친구들과 스케이트보드를 탄다.

-숲에 간다.

-춤을 춘다.

-좀 더 자주 밖으로 나가 더 많은 사람들을 사귄다.

-방에서 넷플릭스 영화를 본다.

-새로운 일을 시노한다.

-한 번도 가 보지 않은 곳에 가 본다.

-일주일에 한 번씩 방을 청소한다.

-즐거운 일을 위해 시간을 정해 놓는다.

-친구들과 농담하면서 깔깔 웃는다.

-맛집을 시도한다.

-자기 전에 방을 정리하고 할 일을 끝낸다.

-미리미리 일자리를 찾는다.

-피아노를 배운다.

-한 달에 한 번 새로운 아이스크림을 시도한다(아주 소량).

어떤 학생들에게는 온갖 종류의 아이스크림을 맛보고, 맛집에 가 보고, 친구들과 농담하면서 실컷 웃는 것이 즐거움을 맛보기 위한 실천 사항이고, 또 다른 학생들에게는 방에서 영화를 보거나 혼자 생각하기, 혹은 고요한 마음으로 명상하기가 즐거움을 누리는 방법입니다. 가족과 꾸준히 연락하기라고 쓴 학생도 있고 반대로 너무 자주 연락하지 않기라고 쓴 학생도 있습니다. 각자 삶의 자리가 다르기에 자기에게 가장 어울리게 설정한 실천 사항들이 다 제각각입니다.

우리는 이 여러 아이디어들 중 앞으로 6개월 동안 꼭 실천하고 싶은 것 여섯 가지를 골라 한 달에 하나씩 실천하기로 약속하고, 학생들은 매일 그 실천에 대한 일지 쓰기를 과제로 받았습니다. 그리고 마지막 주 수업에서는 실천 과정에서 느끼고 배운 자신들의 경험을 나누었습니다.

첫째 달 나눔 시간에, 25명의 학생들은 시간을 효율적으로 운영하지 못하면 자신이 원하는 즐거움을 누릴 수 없다는 결론에 도달했습니다. 그래서 모두 노트를 가져와서 어떻게 시간을 사용해야 할까를 두고 토론했습니다. 학생들은 수업을 듣고 과제와 보고서를 작성하고 시험을 준비하는 시간, 그리고 아르바이트 시간을 빼면 빈 시간이 별로 없다는 것을 깨달았습니다. 어떤 학생들은 운동부에 속해 있어서 매일 훈련을 해야 했습니다. 이런 조건에서 만들어 낸 자신을 위한 시간은 자칫 흘려 버리고 나면 다시 내기 힘든 소중한 시간이기에, 어떤 일을 하면서 이 시간을 보낼 것인가를 깊이 생각하고 결정해야 한다고 결론을 내렸습니다.

우리는 살아가면서 자신에게 많은 시간이 있다고 착각하는 경향이 있습니다. 그래서 지루함과 권태감을 느끼기도 합니다. 하지만 꼭 해야 할 일에 먼저 빗금을 치고 나면, 우리에게 주어진 시간이 그다지 많지 않다는 것을 금방 깨닫게 됩니다. 그래서 내게 기쁨을 주는 일을 하거나 혹은 아무것도 하지 않을 수 있는 시간을 갖고 싶다면, 내 수중에 얼마만큼의 시간이 있는지를 확인하고 그 시간에 무엇을 할지를 정하는 일이 중요합니다.

대학 신입생들에게는 새로운 곳에 가 보고 새로운 친구를 사귀는 것, 새로운 아이스크림을 맛보는 것은 매우 중요한 일입니다. 그런데 혼자만의 시간도 필요하고 책상도 정리해야 하며 청소도 해야 합니다. 그러니 과연 무엇을 선택해야 할지 고민이 생깁니다. 어떤 학생은 자신이 집에 틀어박혀 영화 보는 것을 즐기는 사람이라고 생각했는데, 친구들과 함께 호수 근처의 오래된 극장에서 영화를 보고 돌아오면서 극장에 가서 영화 보는 것이 훨씬 더 즐겁다는 것을 발견했다고 말했습니다. 자신이 자장면을 좋아하는지 아니면 짬뽕을 더 좋아하는지, 어린아이처럼 호기심 어린 눈으로 하나하나 찾아가 보아야 합니다. 그럴 때 타인이 강요하거나 가르쳐 준 기쁨이 아닌 진실한 자신만의 기쁨, 고유한 즐거움을 찾아갈 수 있습니다.

또한 우리는 학생들이 제시한 실천 사항 중 삶의 철학에 해당하는 부분들도 골라서 그 의미에 대해 함께 생각해 보기로 했습니다. 학생들은 "기꺼이 길을 잃고 새롭게 방향 찾기"와 "언제나 자신에게 진실하기"를 선택했습니다. 기꺼이 길을 잃고 방향을 찾겠다는 덕목에서는 젊은이의 결기가 느껴집니다. 모험을 해 보겠다는 대학 초년생의 삶의 지표로 손색이 없어 보입니다. 이 덕목을 실천하는 방법으로 학생들은 기숙사 방 밖으로 나가 새로운 친구 사귀기, 주말에 아이폰 없이 숲에 가기, 친하지 않은 동급생에게 다가가기, 마늘 아이스크림 같은 특이한 메뉴 시도하기 등을 해 보겠다고 했습니다. 이 신입생들의 철학은 저에게도 시사하는 점이 많습니다. 기꺼이 길을 잃으려는 마음을 가진다는 것은, 익숙하지 않은 상황에 자신을 데려다 놓고 두려움과 불편한 감정을 감내해 보겠다는 결심입니다. 그런 모험 속에서 인생의 의미를 배우겠다는 그들의 태도가 참 멋져 보였고 부러웠습니다.

또 학생들은 "언제나 나 자신에게 진실하기"라는 철학을 실천하는 방법으로, 집에 자주 연락하지 않기 혹은 엄마한테 사랑한다고 말하기 등을 이야기했습니다. 대학 신입생의 주말은 외출로 바쁘게 마련인데, 자신에게 진실하기 위해 혼자 있는 시간을 만들고 독자적인 삶의 틀을 세워 가려는 진지한 모습도 볼 수 있었습니다. 친구들과 어울려 휩쓸리기 쉬운 1학년 학생들이, 좀 이상해 보이더라도 남의 눈치 안 보고 자기가 좋아하는 일을 하고 다른 사람이 내 생각을 결정하지 않도록 하겠다고 생각하는 모습이 기특해 보이기도 했습니다. 이렇게 이런저런 결심들을 실행해 보면서, 학생들은 지금 자신을 가장 기쁘게 하는 것들을 확인해 나갔습니다.

이처럼 일상을 기쁘게 누리고 그래서 삶이 행복한 것임을 느낄 수 있는 여러 방법들 중에서, 제가 제안하고 싶은 몇 가지는 다음과 같습니다.

주변 정리하기

기쁨의 조건을 이야기할 때, 많은 사람들이 삶의 자리를 정돈하는 데서 시작할 것을 조언합니다. 자신의 삶을 스스로 통제하고 운용할 수 있다는 느낌이 기본적으로 기쁨을 준다는 것입니다. 그것은 근본적으로 안전의 욕구와 연결되는 것 같습니다. 아침에 일어나서 잠자리를 정리하고 공간을 깨끗이 치우면, 신기하게도 새날에 대한 막연한 불안감이 사라집니다. 마음이 왠지 불안하고 무거우면 쓰레기를 치우고 책상을 정리해 보세요. 생각보다 효과가 있습니다.

우리는 공간에 많은 영향을 받습니다. 당신이 사는 집은 얼마나 정리가 되어 있습니까? 우선 가장 중요한 일은 목록을 만드는 일입니다. 내가 무엇을 가지고 있는지, 입지 않는데 옷장에 있는 것들은 무엇인지 확인해 봅니다. 누구나 너무 편해서 버리지 못하는 후줄근한 면 티셔츠나 헐렁한 바지가 있을 것입니다. 그런 아이템은 버릴 필요가 없습니다. 가장 아끼는 것이니까요. 우리가 사는 공간을 복잡하게 하는 것은 쓰지 않는 것들입니다. 쓰지 않았기 때문에 아직은 새것인 데다, 가지고 있어야 할 이유가 열 가지는 되는 것들. 그러나 6개월 동안 입은 적이 없다면 재활용할 수 있도록 내어놓으십시오. 그동안 입지 않았다면 아마도 내 몸엔 좀 불편하고, 어딘지 맞지 않는 구석이 있을 것입니다. 그러니 요긴하게 입을 누군가를 위해 재활용 가게에 보내십시오. 신지 않는 운동화들도 내다 버리십시오. 그리고 가지고 있는 옷가지들을 세어 보십시오. 몇 장의 청바지, 몇 장의 후드티를 가지고 있습니까? 그리고 내게 정말로 필요한 것은 무엇인지 생각해 보세요. 나에게는 슬리퍼나 편하게 입을 티셔츠가 필요한데 정작 쇼핑하러 가서는 정장을 사오는 경우도 많습니다.

저는 개인적으로 책이 문제입니다. 점점 집안 온 구석구석이 책으로 채워져 가고 있는데, 이러다 나중에 어떻게 될까 걱정하고 있습니다. 그래서 누군가가 책을 빌려 달라고 하거나 가지고 싶다고 하면 무조건 주는 것을 원칙으로 하고, 좋은 성서 주석서들은 학교 도서관에 기증했습니다. 요즘에는 '줌'(zoom)으로 수업을 하다가 바로 책을 집어 들고 학생들에게 설명해 줄 수 있는 이점이 있기 때문에, 전공책은 좀 더 가지고 있으려 합니다.

저에게 가장 현실적인 방법은 책장의 한 칸을 비우는 것이었는데, 한 칸을 비우고 나니 무척 기분이 좋았습니다. 정신적인 빈 공간이 생긴 것 같아 새로운 활력이 느껴졌습니다. 책을 좋아하는 분이시라면 이렇게 책장 한 칸을 비워 보기를 권합니다. 그 비워 놓은 칸은 결국 내 마음의 공간이기에, 상상력도 생기는 것 같고 어떤 새로운 분야를 공부할 수 있을 것 같은 설렘도 주는 것 같습니다.

이제 부엌 수납장에 있는 그릇들도 한번 살펴보십시오. 결혼할 때 가져온 커다란 그릇 세트를 얼마나 자주 사용하는지 한번 생각해 보세요. 당신은 평상시에 어떤 그릇을 편하게 사용합니까? 살림에 관심이 없는 저는 15년 전 수녀님들이 보내 준 접시들과 유학 생활을 마치고 돌아가는 지인들이 준 그릇들을 쓰고 있는데, 실제로 제게 필요한 것보다 가진 것이 훨씬 많다는 것을 알았습니다. 그래서 제가 맘에 들어 고른 것이 아닌, 성탄 때 놓는 빨간 접시들과 부활절에 쓰는 노란 병아리가 그려진 접시들을 큰 맘 먹고 정리해 재활용 가게에 가져다 드렸습니다. 절기에 맞지 않는 그릇들이 얼마나 주책맞아 보이는지, 경험해 보신 분들은 아실 것입니다. 좁은 부엌에 냄비 2개와 접시 6개, 그리고 공기 4개면 적절한 것 같습니다. 채소를 씻어서 냄비에 둔다고 큰일이 나지는 않으니까요.

저와 함께 살았던 베스 수녀님은 정말 꼼꼼하게 정리를 잘하는 분이었습니다. 커피숍에서 가져온 설탕, 휴지, 빨대 같은 물건들뿐 아니라 사용한 컵이나 비닐봉지들을 너무나 잘 정리해 두었습니다. 어느 날 저는 진심으로, "베스, 너는 정리를 잘하니까 이 모든 것을 가질 자격이 있어. 정말 훌륭해"라고 칭찬해 주었습니다. 그러자 그는 얼굴이 빨

개지면서, "아니야. 나도 언젠가는 다 내다 버릴 거야. 이게 얼마나 큰 짐인데"라고 말하더군요. 정리를 잘하는 사람에게도 버리지 않고 쌓아 두는 것이 마음의 짐이라면, 정리의 달인이 못 되는 보통 사람들은 웬만하면 쌓아 두지 않도록 주의해야 할 것 같습니다.

그리고 이제 마음에 빈 공간을 만들어 내면을 정리할 차례입니다. 어떤 면에서, 외부의 일들을 정리하는 것은 내면의 자리를 돌아보게 도와주는 도구일지 모릅니다. 무언가 해 내지 못한 것이 많다는 부담이 생기면, 마음이 무겁고 스트레스를 받게 됩니다. 그럴 때는 종이를 꺼내서 오늘 할 일을 적어 보십시오. 단순한 작업이지만, 금세 마음이 가벼워집니다. 일에 대한 중압감에 끌려가는 것이 아니라, 스스로 그 무게를 당당히 짊어지고 간다는 느낌이 들 것입니다. 저는 학교에서 맡은 일이 많아지면서, 아침이면 이상하게 마음이 무거워지는 것을 경험했습니다. 기도를 하려고 해도 자꾸 걱정이 되었습니다. 그래서 매일매일 내가 할 일을 정리해 보았습니다. 수도 요금과 전기 요금 내기, 원고 마감 확인하기, 학생들 점수 매기기, 회의 계획 짜기 등, 이런 것들을 하나하나 적어 나가니까 마음이 가벼워지고 안정 감이 들기 시작했습니다. 그리고 또 하나 발견한 것은, 시간표를 한참 들여다보면 항상 내가 정말 하고 싶은 일을 할 시간, 예를 들어 산책을 가거나 친구와 이야기 나눌 시간 정도는 얼마든지 만들 수 있다는 사실이었습니다. 시간을 촘촘히 사용하는 것이 꼭 좋은 일은 아닐지 모르지만, 여유가 없다고 아무것도 하지 못하는 것보다는 훨씬 나은 것 같습니다.

하루에 한 번씩 마음의 조각들을 글로 쓰면 마음이 차분해지는 것을 경험할 수 있습니다. 저는 아침에는 가능한 한 수업을 하지 않습니다. 산책을 하고 동네 카페에 앉아 무엇인가를 씁니다. 마음속의 실타래를 한 올씩 풀어내듯이 말입니다. 그래서 항상 노트를 가지고 다닙니다. 어떤 때는 내가 적어 놓은 것들이 무슨 말인지 모를 만큼 낯설게 다가올 때도 있지만, 내 고유한 삶의 파편들이라는 생각이 들어 감사하게 됩니다.

쓰기만큼 내면의 자리를 돌아보는 데 도움이 되는 것은 읽기입니다. 그것은 마치 거울을 보는 일과 같습니다. 내가 잃어버렸거나 아직 미처 정리되지 않은 생각들을 그 과정에서 찾게 되기 때문입니다. 어려운 책일 필요도 없고, 또 훌륭한 사람의 글일 필요도 없습니다. 오히려 성근 글, 구멍이 숭숭 난 그런 글이 더 좋을 수도 있습니다. 누군가가 페이스북에 올려놓은 시가 될 수도 있고, 즐겨 읽는 소설이 될 수도 있습니다. 저는 동화책이나 청소년을 위한 소설을 읽는 것을 좋아합니다. 이 분야의 좋은 작품들은 단순하고 소박하게, 그러면서도 깊이 있게 생을 이야기해 줍니다. 누군가의 깊은 생각을 통해 내 삶을 이리저리 비추어 보며 내가 이 여정의 어디쯤에 온 것인지, 이 여정에서 내게 어떤 상황들이 주어졌는지를 돌아보는 작업은, 내면을 정돈하는 좋은 방법이 될 것입니다.

만남

깊은 만남은 큰 기쁨을 줍니다. 우리는 첫사랑의 두근거림을 영원히 기억합니다. 왠지 마음이 울적하고 기운이 빠질 때, 아무도 나를 몰라준다는 생각이 들어 좀 외로울 때, 그 냥 전화라도 해서 이런저런 이야기를 나눌 벗이 있다는 사실만큼 살아가는 데 기쁨을 주는 것은 없을 것입니다. 한 동네에서 자란 친구, 성당을 함께 다닌 친구, 학창 시절 늘 함께 다니며 떡볶이를 사먹고 수다를 떨던 단짝을 생각해 보면, 그들을 만나면서 느꼈던 기쁨만큼 제 삶에서 중요한 의미를 지녔던 것은 없습니다. 그리고 지금 함께 일하는 동료들을 통해 저는 여전히 큰 소속감과 위로와 온기를 얻고 있습니다. 물론 이런 만남의 기쁨을 누리기 위해서는 친구를 위해 시간을 내주어야 하고, 이야기를 잘 들어 주어야 합니다. 우정이든 사랑이든, 모든 관계는 내어준 시간과 노력에 비례해서 깊어지기 때문입니다.

사람들과 맺는 관계가 기쁨을 준다는 사실은, 여러 연구들을 통해서도 확인할 수 있습니다. 타인과 관계를 맺기 위해서는 공감 능력이 필요한데, 공감이란 남의 아픔에 눈물을 흘릴 줄 아는 능력을 말합니다. 연구에 따르면, 타인의 아픔에 같이 슬퍼할 줄 아는 사람일수록 기쁨을 더 많이 체험한다고 합니다. 대뇌의 구조를 보면 인간이 슬픔과 기쁨을 체험하는 영역이 연결되어 있기 때문입니다. 그래서 슬픔에 예민한 사람들이 기쁨에 대해서도 예민한 것입니다.

또한 인간은 남을 도울 때 더 많은 기쁨을 느낄 수 있도록 진화해 왔습니다. 남에게 친절을 베풀고 약한 부분을 싸매 줄 때 기쁨을 느끼는 호르몬이 나온다는 것입니다. 그것은 아마도 까마득한 옛날부터 인간이라는 종족이 살아남기 위해 발달시킨 하나의 본능일지도 모르겠습니다. 그래서 달라이 라마는 21세기를 사는 우리가 새로운 세대에게 꼭 가르쳐 주어야 하는 것은 종교의 이데올로기가 아니라 서로를 돌보는 기쁨이라고 강조했습니다. 저는 이와 같은 여러 이유로, 바쁜 일상 가운데서도 어떤 식으로든 소중한 사람과 함께하는 시간을 떼어 놓고 깊이 있는 만남을 지속적으로 가질 것을 권하고 싶습니다.

그러므로 우리가 개인적으로 관계 맺고 있는 사람들을 찬찬히 돌아봅시다. 저는 가끔 소중한 사람들의 이름을 적어 놓고 그들을 위해 기도합니다. 사랑했던 사람이 지금은 나에게 스트레스를 줄 수도 있습니다. 연락하거나 만나서 관계를 더 아프게 할 수도 있다면 잠시 거리를 두는 것이 좋습니다. 또 만날 수 없는 사람들에게는 간단한 이메일이라도 보내 봅니다. '당신과의 관계를 소중히 생각하고 있다'는 작은 표현이 나의 삶을 풍성하게 할 뿐 아니라 다른 사람의 삶도 넉넉하게 해줍니다. 어쩌면 이것이 이 세상을 행복하게 살아가는 비밀일지도 모르겠습니다.

이런 만남은 비단 인간관계에만 국한되지 않습니다. 사물과 우주, 예술, 자연 혹은 신을 대면할 때도 기쁨을 체험할 수 있습니다. 망울을 터뜨리는 꽃, 나무의 여린 잎, 혹은 어느 집 앞에 놓인 빈 의자 같은 것들이 우리 마음의 어떤 부분을 건드릴 때면 이유 없는 기쁨이 솟아납니다. 우연히 들른 전시장에서 어떤 그림이 마음 깊은 곳을 건드릴 때, 산길을 걸어가면서 나무의 냄새를 맡을 때, 바닷가를 걸으며 사각사각 발밑으로 전해지는 모래의 감촉을 느낄 때 잔잔한 감동과 함께 기쁨이 밀려옵니다. 그러므로 기쁨은 매우 깊은 차원의 만남입니다. 창조물과의 관계를 회복하는 시간은, 우주의 한 점으로서 내가 다른 한 점과 연결되어 있음을 깨닫는 궁극적 기쁨을 맛보게 해줍니다.

기억하기

기쁨을 확대하기 위해서는 기쁨의 순간을 기억하는 일이
중요합니다. 기쁨은 예상치 못한 순간에 삶과 영혼을 살짝
건드리고 지나가기 때문입니다. 그 기쁨의 순간을 감지하
기 위해 여러 가지 작업을 할 수 있습니다. 지난 여름 〈지혜
의 원〉 여성 피정에 모인 자매들은, 하루를 보내며 기쁨을
느낀 순간을 스마트폰 카메라로 찍어 보기로 했습니다. 처
음에는 기쁨의 순간을 그때 포착하지 못하고 나중에 알아
차리는 경우가 많았습니다. 또 막상 기쁨의 순간을 찍으려
니 도무지 언제 기쁜지 잘 모르겠다고, 그래서 참 어려운
숙제였다고 이야기하는 분들도 있었습니다. 그런데 사진
을 찍는 순간, 기쁨은 우리를 멈추어 세우고 그 느낌 안에
길게 머무르게 해 줍니다.

　사람들의 사는 이야기를 듣다 보면, 지독하게 불행했던
기억만을 이야기하는 사람들이 가끔 있습니다. 만날 때마
다 듣기에 미안하고 불편한 어린 시절의 가난에 대해 들려
주는 한 자매에게 저는 조심스럽게 물었습니다. "60년대의

한국은 사실 다 가난하지 않았나요?" 그러자 그 자매는 조금 당황하는 것 같았습니다. 최고의 교육을 받았고 아주 소수의 사람이 누리는 혜택을 현재 누리며 살고 있는데도, 언제나 기억 속의 자신은 가난하고 비참합니다. 우리는 스스로가 어떤 극단적인 기억의 패턴에 갇혀 버린 것은 아닌지 한번 생각해 볼 필요가 있습니다. 반대로 언제나 자기의 성공만을 이야기하는 사람도 있습니다. 그런 이야기를 듣고 있을 때면 저는 왠지 마음이 조마조마한데, 어떤 삶이든 성공만 있을 수는 없기 때문입니다. 가장 좋은 것은 인생을 있는 그대로 보고, 받아들이고, 이야기하는 것이 아닐까 생각합니다.

우리 내면에는 자신의 기쁜 기억들을 떠올려 주는 여러 가지 단초들이 있는데, 그것은 감각과 관련된 것입니다. 제가 태어나서 처음 본 무지개는, 비가 막 갠 어느 여름날 동네 아이들이 모두 뛰어나가 놀던 들판에서 함께 본 것이었습니다. 그때의 냄새와 눈앞에 펼쳐진 놀라운 색깔들을 아직도 기억합니다. 또한 저는 해질녘이 되면 아직도 마음이 설렙니다. 아직 불이 켜지지 않은 집도 있고 이미 켜진 집도 있는 시간, 하늘이 오렌지 빛으로 물들고 거기다 무언가 매캐한 냄새까지 나면, 나는 기쁨에 넘쳐 동네를 쏘다닙니다. 대학교 때 친구들과 덜컹거리는 경기도 시외버스를 타고 만났던 어둠의 느낌도 여전히 저를 들뜨게 합니다. 그래서 마음이 조금 무겁고 답답한 날에는, 행복했던 순간의 냄새와 그때 만졌던 질감을 기억하며 행복한 기억을 소환해보곤 합니다.

이런 기쁨의 순간은 무엇보다 아름다움과 깊이 연결되어 있습니다. 존 듀이(John Dewey)는 아름다움이란 어떤 대상이나 경험이 자신에게 의미를 줄 때 발생하는 것이라고 말했습니다. 그러므로 우리에게 의미를 주는 일상의 것들에서 기쁨을 느끼는 순간 우리는 아름다움을 경험하는 것입니다. 카를 슈피츠베크(Carl Spitzweg)는 사람들의 소소한 일상을 많이 그렸던 19세기 독일의 화가이자 시인입니다. 선인장을 바라보는 노인이 등장하기도 하고 가난한 시인이 등장하기도 하는 그의 작품 안에는 어떤 리듬이 있습니다. 가난하고, 멍청하기도 하고, 또 때로 우습기도 한 사람들의 일상적인 모습에서, 그저 무심히 흐르는 삶의 아름다움이 보이고, 또 그것을 관조하는 화가의 애정 어린 시선이 느껴집니다. 그리고 저는 그 시선이 참 부럽습니다. '아, 이런 그림을 그린 그의 일상은 가난하면서도 또 즐거운 것이었겠구나' 하면서 말입니다. 일상을 기쁨으로 만드는 작업을 했던 이 화가처럼, 우리도 기쁨의 순간을 아름답게 기억할 수 있도록 자신만의 작업을 꾸준히 해 나가면 어떨까요.

지금 나를 기쁘게 하는 것

저는 예전에 영화를 무척 좋아했습니다. 그런데 언제부터인가 영화보다는 그림이 더 좋아졌고, 슬픈 이야기보다는 코미디가 좋고, 꽃보다는 나무가, 나무보다는 메마른 풀이 좋습니다. 이런 변화가 참 신기합니다.

지금의 저는 화려한 것보다는 소박한 것이 좋고, 환한 색깔보다는 먹색이 좋고, 파리의 거리보다는 이스탄불의 뒷골목이 더 좋은 사람입니다. 조금 지저분하고, 자연스럽고, 무채색인 것들 말입니다. 많이 가진 것보다는 조금 가진 것이 좋고, 말 잘하는 사람보다는 말수 적은 사람이 더 좋습니다. 이전에는 예쁜 가게에 들어가서 맘에 드는 옷 사는 것을 즐겨 했다면, 이 코로나 시대에 쇼핑은 아무 감동이 없어졌습니다. 그리고 여전히 이태리 음식보다는 라면과 떡볶이가 더 좋습니다.

오늘 생의 자리에서 가장 좋은 것, 자신에게 가장 기쁨을 주는 것을 알아차릴 수 있다면, 그것을 누리기는 한결 쉬운 일이 됩니다. 알게 된 것들을 그대로 추구해 나가면 되니 말입니다. 그런데 어쩌면, 그런 것들을 잘 알더라도 나이를 먹어서 더 이상 즐길 수 없게 될 수도 있습니다. 그런 시간이 올 때 아무 불평 없이 즐거움을 포기할 수 있도록, 지금 기쁨을 주는 좋은 것을 충분히 맛보아야 합니다. 그리고 나이를 먹어 가면서 또 새로운 것들이 다가올 테니, 두근거리는 마음으로 기다려 볼 일입니다.

동시에, 지금 자신이 좋아하지 않는 것을 억지로 하는 것도 어리석습니다. 내가 좋아하는 것은 내가 잘하는 일일 것이고, 잘하는 일을 할 때 우리는 기쁨을 느낍니다. 아무리 트로트가 인기지만, 내가 좋아하지 않는데 억지로 좋아할 필요는 없습니다. 오페라를 좋아하지 않는 사람이 억지로 오페라를 들으면서 시간을 보낼 필요는 없습니다. 물론 좋아하는 일만 하고 살 수는 없겠지만, 어쩌면 그보다 어려운 일은 자신이 무엇을 할 때 기쁨을 느끼는지를 아는 것입니다. 그렇게 내가 할 수 있고 좋아하는 일을 소박하게 확장해 간다면 우리 삶은 더욱 충만할 것입니다. 저는 그것을 일상의 기쁨이라 쓰고 하늘나라라고 읽습니다. 하루하루 조금씩 지금의 나를 기쁘게 하는 것들로 삶을 채워 나갈 때, 우리는 하늘나라를 사는 것입니다.

6

놀이, 기쁨의 실험

언젠가 카페에서 오스트리아에서 왔다는 학자를 우연히 만나 이야기를 나눈 적이 있습니다. 그는 아이들의 놀이를 채집하러 다니는 사람이었습니다. 현대 사회에서 아이들의 다양한 놀이가 사라져 가고 있는 것이 안타까워, 마치 구전동화를 수집하듯 이곳저곳을 다니며 아이들의 놀이를 찾아 기록하고 있다는 것이었습니다.

그러고 보니, 골목을 가득 메우던 "○○야 놀자~" 하는 아이들의 소리가 사라졌습니다. 제 어린 시절을 생각해 보면, 숨바꼭질, '무궁화 꽃이 피었습니다', 고무줄놀이, 끝말

잇기, 전쟁놀이, 소꿉놀이 등 이루 셀 수 없이 많은 놀이가 있었습니다. 제가 가장 처음 했던 것으로 기억하는 놀이는, 친구들과 땅을 파헤쳐서 땅강아지를 잡아 병에 넣는 것이었습니다. 흙을 파기만 하면 그렇게 흔하던 땅강아지들은 모두 어디로 갔을까 하는 생각을 하다가, 그래도 아이들은 계속 놀고 있음을 깨닫습니다. 비록 제가 추억하는 그 놀이들은 없어졌다 해도, 건강한 어린아이들은 여전히 신나게 놀고 있습니다. 다만 놀이 방법이 달라져 있을 뿐입니다.

누가 가르쳐 주지 않아도 아이들은 노는 법을 잘 알아냅니다. 요즘 아이들은 아주 어려서부터 컴퓨터 게임을 즐깁니다. 어른들은 컴퓨터를 놀이로 여기지 않습니다. 어른들에게 컴퓨터는 일의 도구일 뿐이지요. 하지만 아이들은 무엇을 이루겠다거나 꼭 배워야 한다거나 하는 목표가 없어서인지, 컴퓨터라는 도구를 더 쉽게 배우고 더 잘 즐기는 것 같습니다. 실수에 대한 두려움도 없고, 그저 흥미를 따라 이런저런 놀이를 할 뿐입니다.

미국의 영성학 교수 더글라스 버튼 크리스티는 여름이면 온 가족이 숲으로 들어가서 생활한다고 합니다. 컴퓨터도 텔레비전도 없는 자연 속으로 들어가서 한 달 동안이나 지낸다니 정말 멋진 일이지요. 그런데 그는 매번 새로운 환경을 맞닥뜨리면 어쩔 줄 모르고 안절부절못하다가 늦게야 마음이 겨우 안정되어 생활을 즐기기 시작한다고 합니다. 아무래도 어른들은 꽉 채워진 시간표에서 사회가 요구하는 의무와 역할들을 수행해 내기 위해 업무에 집중하다가 갑자기 규칙이나 순서, 정해진 역할이 없는 자연 상태에 놓이면 두려움과 불안을 느끼는 것 같습니다. 반면, 그의 어린 자녀들은 도착하자마자 자연에 동화되어 아무 도구도 없이 하루 종일 놀이를 즐긴다고 했는데, 어쩌면 동심이란 끝없이 놀이를 생산할 수 있는 상태를 가리키는 것 같습니다.

　놀이는 쉼 없이 무엇인가를 수행해야 하는 꽉 조인 상태와 아무런 할 일이 없는 무료한 상태의 중간에 있는 것으로, 우리의 삶에 쉼과 새로운 에너지를 제공합니다. 놀이는 정신적·육체적 휴식이지만, 그 나름의 규칙과 한계를 제공하기 때문에 나태, 무기력, 권태 따위와는 거리가 멉니다. 그래서 놀이의 다른 말은 레크리에이션(recreation), 즉 재창조입니다.

호모 루덴스, 놀이하는 인간

미국은 코로나19의 영향으로 전 국민이 집에 머물러야 하는 행정명령에 따라야 했습니다. 저는 가까이 사는 대녀 도리라는 꼬마를 자주 보는 영광을 누렸는데, 놀이터에 나가지 못하는 이 꼬마는 이런 제약에 전혀 구애를 받지 않습니다. 여러 가지 상상을 재현하기도 하고, 바닥에 놓인 튜브만 보고도 수영장을 충분히 느낄 수 있습니다. 수도꼭지에서 커피가 나온다는 상상을 하기도 하고, 꽃잎을 보고 팬케이크라고 부르기도 합니다.

서구 심리학은 프로이트의 이론을 따라 성적 에너지를 삶의 기본 충동으로 보는 경향이 있는데, 저는 어쩌면 놀이하는 마음 혹은 우리 안에 있는 '놀이의 에너지'가 인간 삶을 추동하는 기본적 힘이 아닐까 하는 생각이 듭니다. 태초에 인간에게는 놀이가 있었던 것이 아닐까, 그 놀이를 통해 삶을 배워 간 것은 아닐까 하고 말입니다.

네덜란드 학자 요한 하위징아(Johan Huizinga)는, 놀이하는 혹은 놀이를 해야 하는 인간의 본질을 가리켜 '호모 루덴스'(*homo ludens*), 놀이하는 인간이라는 말을 만들어 냈습니다. 그는 일이나 위대한 발명을 통해 문화가 발전하는 것이 아니라, 일상의 틀을 벗어난 시공간에서 누리는 놀이를 통해 발전한다고 설명합니다. 다시 말해, 문화 이전에 놀이가 있었다고 그는 말합니다. 만일 놀이가 이처럼 문화를 구성하는 동력이라면, 인류의 DNA에는 이 놀이의 본성이 있을 것입니다. 그리고 우리 안에 사는 호모 루덴스가 사라질 때, 삶의 기쁨도 문화도 다 사라지고 말겠지요.

누구나 한 번쯤 친구나 가족들과 둘러앉아 화투, 카드놀이, 혹은 '모노폴리' 같은 게임을 해 본 적이 있을 것입니다. 놀이를 하는 사람들 사이에는 그들만의 세계, 그러니까 외부의 영향을 받지 않는 아주 안전한 공간이 생겨납니다. 그 기적의 원은 그것이 만든 일종의 규칙과 품위와 함께 우리 마음에 영원한 고향으로 남습니다. 요즘 막 시어머니가 된 친구들이 명절을 대비해서 놀이기구를 장만한다는 얘기를 듣습니다. 자칫 피곤해지기 마련인 명절에 서로 불편하거나 지루하지 않도록 '백만장자 게임'이나 '모노폴리' 같은 게임을 한다는 것입니다. 이 신선한 놀이의 공간에서는 사회적인 스트레스, 즉 새로 가족이 된 며느리의 불편함과 새로운 시어머니 역할이 주는 어색함을 떠나 순수한 즐거움을 체험할 수 있을지 모릅니다.

호모 루덴스와 대조되는 이름은 '호모 에코노미쿠스'(*homo economicus*), 즉 경제적 인간입니다. 이들은 완벽한 정보를 갖춘 사람들로, 비용 대비 효율을 따지면서 합리적으로 이윤을 추구하는 시장의 소비자들입니다. 시장경제 체제 안에서 살고 있는 우리는 은연중에 경제적 인간이 되기를 강요받고 있습니다. 또 다른 이름은 '호모 소시올로지쿠스'(*homo sociologicus*), 즉 사회적 인간입니다. 이는 마치 배우처럼 꽉 짜인 사회 안에서의 역할을 빈틈없이 해 내는 사람들입니다. 자신의 삶에 대해 무엇을 원하는지 스스로 묻기보다는 주어진 역할들을 기계적으로 수행하면서 사회적 통제망에 매여 있는 사람입니다. 이런 기계 같은 삶에는 활기도 생명도 새로움도 없습니다. 반면, 놀이하는 인간이란 계산된 삶과 통제되는 삶 그 너머에서 삶을 향유하는 인간을 의미합니다.

그런데 우리가 사는 세상은 끊임없이 소비를 통해 욕구

를 충족시키고 사회적 지위를 획득할 것을 종용합니다. 그런데 과연 이 모든 것을 충족시키고 나면 우리는 정말로 만족할까요? 저는 그러한 욕구들 위에 삶의 즐거움을 향한 욕구가 놓여야 한다고 생각합니다. 윤택한 복지국가 시민들의 높은 자살률이 시사하듯이, 궁극적인 인생의 질은 기쁨을 얼마나 누릴 수 있느냐에 달려 있습니다. 그 기쁨은 새로운 자극과 시도에서 오는데, 그것이 곧 놀이하는 인간, 호모 루덴스가 지향하는 바가 아닐까 생각해 봅니다. 삶의 즐거움과 기쁨에 가장 반하는 것은 괴로움이나 슬픔이 아닙니다. 삶에 기쁨이 없다면, 권태감과 지루함과 무의미 같은 것들이 삶을 잠식해 버린 것은 아닌지 점검해 볼 일입니다.

놀이가 주는 치유

제주 굿을 공부할 때 만난 제주 굿 전문가 문무병 선생님은, 당신이 제일 사랑하는 귀신은 영감신인데 그는 달을 즐기며 술과 여자를 좋아하는 '오소리 잡놈', 풍류의 신이라고 이야기했습니다. 황해도 굿에도 영감과 비슷한 캐릭터가 대감굿거리에 나오는데, 대감신은 무척 인간적입니다. 먹을 것을 달라 하고 여자들에게 싱거운 농지거리를 즐기며, 다산과 풍요를 주는 디오니소스 같은 신입니다. 그 굿거리 자체가 연극적으로 너무 재미있어서 저는 이 대감신을 제일 좋아했습니다. 성적인 억압이 많은 인류 문화 속에서 이처럼 숨이 트이는 놀이 공간이야말로 금기를 넘나드는 예전적(liturgical) 축제의 공간이 아닐까 생각해 봅니다. 또 가슴 아픈 가족사로 인해 심각해지는 굿에서 이런 웃기는 장면이 나오면 굿을 하는 사람이나 보는 사람이나 긴장을 풀게 도와줍니다.

우리는 노는 것을 표현할 때 '신나게 논다'고 말합니다. 신이 난다는 말은 신명이 난다는 말의 준말로 신적인 에너지가 뿜어져 나오는 것을 뜻합니다. 그리고 보면 풍류, 연극, 놀이 같은 것들은 정말 신적인 영역과 맞닿아 있어, 억압적인 삶의 조건을 뒤집어 놓을 수 있는 힘을 지닌 것 같습니다. 실제로 굿에서는 '신을 놀린다'(놀게 한다)는 말을 많이 하는데, 굿이라는 예전의 의미가 곧 신의 놀이, 신의 춤 속으로 들어가는 일이라는 것입니다. 한편 플라톤은 인간이 신의 놀이를 함께 놀아 주는 존재라고 했는데, 신을 중심으로 이루어지는 놀이로서 생을 이해한 말인 것 같습니다.

이런 굿을 포함한 마을의 축제들이 가지는 여러 기능 중 하나는 바로 공동체를 통한 치유일 것입니다. 왁자지껄한 웃음과 공감의 눈물, 격려 같은 것이 바로 굿이라는 예전적 놀이의 핵심입니다. 그리고 마을에서 이루어지는 다양한 축제와 카니발은 마을 전체가 억압된 감정들을 표출하는 기회를 제공해 왔습니다. 몇 년 전 볼리비아에 갔을 때, 추운 겨울밤이었는데도 불구하고 온 마을 사람들이 다양한 옷을 차려 입고 춤을 추며 몰려다니는 축제를 구경한 적이 있었습니다. 너무도 가난한 산악 지대에서 밤새 음악에 맞춰 춤을 추는 마을 사람들이 그렇게 즐거워 보일 수 없었고, 정신적으로 참 건강하게 느껴졌습니다.

많은 연구를 보면 공동체 속에 있을 때 인간은 소외와 고립의 공포에서 벗어나고 육체적·정신적 차원에서 기쁨을 느낀다고 합니다. 친구들과 카드놀이나 게임을 하면서 서로의 얼굴을 보면 기쁨이 넘칩니다. 목소리는 격앙되고 웃음이 터집니다. 놀이를 하다 보면 손뼉을 치고, 아이처럼 소리 지르며 책상에 올라가기도 합니다. 이러한 놀이 문화가 사라지면 인간에게 필요한 웃음과 불안을 해소하는 기제가 사라지고, 그러면 삶의 실존적 불안과 두려움이 커져 내재한 폭력성이 표출될 위험이 커진다고 합니다.

그래서 현대의 심리치료에도 놀이기 등장합니다. 특히 어린이 심리치료에서 공놀이나 찰흙을 이용한 놀이는 어린이들의 불안이나 분노를 풀어주는 데 매우 효과적입니다. 또한 인터플레이 같은 놀이 치료는 그 자리에서 함께 이야기를 만들어 가기도 하고, 몸동작을 만들며 스트레스를 해소합니다. 제가 어른이 되어 가장 재미있는 놀이로 체험한 것이 바로 이 인터플레이인데, 이 작업을 알게 된 후 저는 일 년 동안 사람들과 매주 한 번씩 모여서 인터플레이를 했습니다. 어떤 때는 동화를 함께 만들어 보기도 했고, 춤을 추기도 했습니다. 이를 통해 제가 느낀 가장 강력한 감정은 바로 주체할 수 없는 기쁨이었습니다. 함께하는 우리들은 옳고 그른 것이 아닌 오직 다름이 있을 뿐임을 확인

했고, 함께 웃을 수 있다면 그것으로 족했습니다.

요한 하위징아는 춤이란 모든 사람들에게 순수한 놀이였으며 존재하는 놀이 중 가장 순수하고 완벽한 것이라고 설명합니다. 원시인들의 신성한 마법이든, 축제의 일부분인 춤이든 상관없이 말입니다. 숙련된 발레리나의 세련된 몸놀림뿐 아니라, 그저 흥에 겨운 몸놀림 자체만으로도 춤은 언제 어디서든 기쁨을 주는 놀이가 됩니다. 제가 아는 한 미국 장로교 목사님은 자기 교회의 예배를 인터플레이로 바꾸었습니다. 예배를 딱딱한 규격에 가두지 않고 놀이의 정신으로 하느님을 경배한다는 것이 그 목사님의 철학이었는데, 그래서인지 그 교회에는 유난히 트랜스젠더 등 성소수자들이 많았고 예배는 늘 활기가 넘쳤습니다.

이러한 놀이치료의 원조는 아마도 사이코드라마, 즉 연극치료일 것입니다. 예전에 서울의 청량리정신병원에서는 매주 목요일 정신질환자들의 사이코드라마를 공개했습니다. 저는 호기심 때문에 자주 갔었는데, 환자들이 곧바로 자기들의 상상 세계로 들어가는 것이 아주 신기했습니다. 그중 한 환자는 자기가 메시아라고 주장하는 사람이었는데, 관객을 향해 이렇게 이야기하더군요. "여러분, 제가 지금은 왜 메시아인지 논리적으로 설명할 수가 없습니다. 하지만 제가 곧 퇴원해서 집에 있어 보면 다시 분명해질 것입니다." 또 어떤 중년 여성 환자는 키가 무척 작았는데, 자신은 농구 선수이며 엄마가 자기를 약을 먹여 죽이려 한다고 믿고 있었습니다. 그때 저는 그가 말하는 것을 그대로 듣다가 '아, 저렇게 키가 작은 사람이 농구 선수일 수는 없지 않을까' 하는 의문이 들기 시작했습니다. 그러나 이 드라마를 진행하는 연극인은 어떤 판단도 전혀 없이, '무엇을 여기에 두고, 무엇을 가지고 가고 싶은가'라는 틀을 제공할 따름이었습니다.

그 사이코드라마는 언제나 "안녕하세요? 이곳은 내가 놓고 가고 싶은 것과 가져가고 싶은 것을 말하는 가게입니다"라는 인사말로 시작되었습니다. 맨 앞줄에는 의사들이 앉아서 환자들이 하는 말을 메모하고 있었습니다. 환자들은 자기의 나쁜 기억이나 무서움을 놓고 가고 싶고, 떠나는 일이나 영원히 잠을 자는 일 등을 가지고 가고 싶다고 이야기했습니다. 환자복을 입은 그들은 환한 빛 아래서 진짜 연극배우가 된 듯 순간에 몰입하고 있었습니다. 이런 연극이라는 특성, 즉 자기 안의 생각을 가상의 인격을 통해 표현하는 일이 큰 치료 효과가 있다는 것을 저는 그때 알게 되었습니다.

놀이의 힘

놀이에는 축제성과 해방성, 창의성이라는 강력한 힘이 있습니다. 일상성은 축제성과 거리가 멀고, 억압적인 것은 해방성과 거리가 멀고, 계획된 것은 창의성과 거리가 멉니다. 놀이의 정신으로 살아간다는 것은 어느 만큼의 일탈을 허용하는 자유, 그리고 안의 것이 밖으로 나오고 높은 것이 아래로 내려가게 하는 탄력적인 태도를 의미합니다. 지구상에서 놀이를 가장 못 즐기는 나라를 꼽으라면 아마도 미국일 것입니다. 주중에는 일을 하고, 주말에는 쇼핑몰에 가서 소비를 하고, 어두워진 후에는 밖에 나가지 않습니다. 즉흥적으로 그냥 떠나고 싶어서 떠나는 여행이란 있을 수 없습니다. 어쩌면 그래서 할리우드 영화들 중에 그렇게도 폭력적인 영화가 많은 것이 아닐까 생각해 봅니다. 코로나 바이러스로 쇼핑몰과 상점들이 문을 닫자 많은 사람들이 분노를 터뜨렸는데, 이는 어쩌면 효율성을 중심으로 돌아가는 미국 문화의 감추어진 면모를 단적으로 보여 주는 것인지도 모르겠습니다.

축제성

그럼 먼저, 놀이가 가지는 축제의 정신을 생각해 봅시다. 축제에는 웃음이 있고, 가치와 삶의 방식을 공유하는 공동체가 있고, 끝이 있습니다. 이런 점이 바로 무심히 흘러가는 일상이라는 배경 속에서 놀이가 가지는 특성이라 하겠습니다.

　대부분의 문화에 축제가 존재하고, 그 가운데서 종교는 절기를 구분하는 데 큰 역할을 했습니다. 그리스도교의 부활절과 성탄절은 이미 세상의 모든 사람들에게 종교적 의미를 초월한 축제입니다. 불교권 국가에서도 비슷하게 부처님이 탄생한 날을 대대적으로 기념합니다. 또 태국에서 새해 첫날인 4월 13일 거행되는 송크란 축제는 세계 10대 축제 중 하나입니다. 이날 태국 전역에서는 새롭게 다가오는 시간을 맞이하고 자신을 정화한다는 의미로, 서로에게 물을 뿌리는 물싸움을 떠들썩하게 즐깁니다. 또한 11월이면 이탈리아 베네치아의 산마르코 광장은 춤과 노래로 북적이는데, 베네치아 사람들이 끔찍한 페스트를 이겨 낸 역사를 기리는 축제입니다. 삶의 기억과 시간에 리듬을 제공하는 축제가 없다면, 우리 삶은 굉장히 건조해질 것입니다.

어릴 적에 성탄 무렵이 되면, 엄마와 우리 집 다섯 남매는 다 함께 뒷산에 가서 소나무를 베어 왔습니다. 우리는 반드시 함께 가서 모두가 동의한 나무를 베어 왔고, 집 한가운데 있는 마루에 큰 화분을 가져다가 다시 심었습니다. 그리고 하루 종일 전등을 달고, 반짝이를 붙였습니다. 사실 성탄 자체보다는 그런 것들을 준비하는 시간이 훨씬 재미있었던 것 같습니다. 밤이 되기를 기다리면서, 반짝이는 불빛을 즐기고픈 마음에 우리는 모두 흥분했습니다. 우리 집이 아주 부유한 것도 아니었고 당시 우리 사회 전체가 그리 넉넉하지 않았지만, 이런 것들을 할 수 있었다는 것만으로도,

우리는 부유한 마음을 누렸던 것 같습니다. 그리고 그 성탄의 기억은 아직까지도 제 맘을 설레게 합니다.

이처럼 축제는 준비하는 마음이 더 기쁜 것 같습니다. 이상하게도 12월 26일이 되면 마루에 있는 크리스마스트리가 더 이상 멋져 보이지 않았습니다. 그리고 축제가 너무 잘 조직되거나 준비를 지나치게 많이 하면 흥이 깨져 버립니다. 학교나 교회에서 축제를 준비할 때, 완벽한 퍼포먼스 위주가 되면 축제의 흥미는 사라져 버립니다. 그래서 저는 어린이들과 함께하는 축제를 좋아합니다. 어린이들은 함께 잘 준비를 해 놓고도 연극 도중에 삐쳐 토라지기도 하고 틀리기도 합니다. 그래서 더 재미있습니다. 축제에서 하는 일들은 공연이 아니기에, 실수나 우발적인 사고로 인해 더 즐겁고 웃음이 터져 나옵니다. 바로 그런 우발성이 축제의 흥을 돋우는 역할을 합니다.

많은 학자들은, 축제란 안과 밖, 위아래가 뒤집어지는 혼란을 통해 생명력이 빛을 발하는 자리라고 이야기합니다. 중세의 축제를 보면, 평소에는 목소리를 갖지 못하던 농민이나 노예들이 가면을 쓰고 귀족들의 생활을 신랄하게 비판하고 풍자합니다. 그러나 지배 계급은 이를 막지 않았는데, 이는 아마도 사람들에게 억압된 감정을 풀어낼 공간을 마련해서 더 큰 폭동이나 혁명을 막는 수단이 아니었나 싶습니다. 그렇게 축제라는 공간에서는 억압된 것들이 표출됩니다. 그래서 독재 사회에서 가장 위험한 날은 아마도 축제일일 것입니다. 유신 독재 시기에 각 대학의 축제 때는 항상 시위가 있었습니다. 축제 연극에서는 평소에 해서는 안 되는 이야기들이 해학적으로 펼쳐지고, 학생들 안에 내재되었다가 떠오른 저항의 정신은 시위로 이어졌습니다. 그렇게 최루탄 냄새를 피해 달리다 숨을 돌려 보면, 하늘에 달은 고혹적으로 떠 있고 봄바람에 피어난 꽃들로 아득함을 느끼곤 했습니다.

또한 축제는 새로움을 발견하는 자리입니다. 축제는 소풍이나 들놀이, 캠프처럼 내가 거주하는 공간을 떠난다는 의미가 있어서, 사물을 새롭게 보고 표현하도록 도와줍니다. 그래서 들뢰즈는 자본주의와 물질주의가 우리를 통제하는 이 세상을 잘 살아가는 방법은 방랑하는 생을 사는 것이라고 했습니다. 유목민은 땅을 가지지 않습니다. 그저 닿는 곳에 임시로 텐트를 치고, 또 새로운 곳을 향해 떠나는 생활을 합니다. 그런 삶에는 정주하는 자의 넉넉함과 안정감은 없지만, 떠남으로써 집착과 아집에서 벗어나고 자신에게 진짜 필요한 것이 무엇인지를 아는 지혜가 있습니다.

저는 산책하는 것을 참 즐기는데, 조금 여유롭게 동네 골목을 기웃거리다 보면, 그렇게 오래 살았는데도 처음 보는 장면들이 있다는 사실에 놀랄 때가 많습니다. 해가 지기 직전의 우리 동네는 아침이나 오후 햇살을 받으며 걸을 때 보는 풍광과 많이 다릅니다. 그래서 마치 모르는 동네를 걷는 듯한 착각을 느낄 때가 있습니다. 왜 우리는 보는 것만 보고, 아는 것만 확인하려 하는 걸까요? 새로운 눈으로 주변 사람들을 바라본다면 또 얼마나 새로운 우주가 거기 있을지, 우리는 상상조차 하지 못합니다. 새로운 눈으로 매일 만나는 사람을 보는 것, 그 사람 안에서 내가 몰랐던 어떤 것을 찾아내는 것. 그것이 유목민의 삶을 사는 것이고, 축제로서의 놀이가 우리에게 주는 힘입니다.

해방성

놀이가 일으키는 효과 중에서 해방성을 생각하지 않을 수 없습니다. 해방이란 아무것도 거리낄 것 없는 상태를 의미합니다. 책임져야 하는 일상의 무게에서 벗어나 자유롭게 참여하고, 또 원하는 때 언제든 자유롭게 일상으로 돌아갈 수 있다는 점에서 놀이는 해방을 줍니다.

또한 해방감은 실패해도 괜찮다는 여유 혹은 자유로움에서 옵니다. 놀이에는 그 나름의 규칙이 있는데, 이 규칙들은 사람들이 놀이를 이해하기 쉽게 도와주고, 그 세계 안으로 들어가는 패스워드 같은 것입니다. 그런데 게임이 시작되고 늦게 합류하게 된 이에게 누군가가 친절하고 간략하게 규칙을 설명해 주는 모습을 많이 보았을 것입니다. 그리고 대부분 하는 말은, "그냥 한번 해 봐. 금방 알게 될 거야"입니다. 이 말은, 놀이가 실수에 대해 너그럽다는 점을 보여 줍니다. 틀려도 되고 져도 상관없는 그런 상황이라는 말이지요.

이따금 놀이를 할 때조차 실패에 대해 강박적 거부감을 가지는 사람들이 있습니다. 그들은 규칙을 어기거나 억지를 부리기도 합니다. 그럼에도 놀이를 하는 사람들은 알고 있습니다. 이런 실수나 미숙함조차 그리 큰일이 아니라는 것을 말입니다. 모든 것은 이 세상에 와서 삶을 배우고 가는 여정이며 이곳에서 실패란 커다란 배움의 기회라고 생각할 때, 삶은 놀이요 축제가 됩니다. 너무 심각해지지 말고 조금은 가볍게, 조금은 까불거리며, 넘어지면 걸음걸이를 점검하고 조금은 조심하면서 콧노래를 부르는 그런 삶이야말로 자유로 나아가는 삶이며 축제 같은 삶입니다.

덧붙이자면, 놀이에 부여된 규칙이 복잡한 현실 생활과는 달리 간단하다는 점 역시 해방감을 줍니다. 놀이의 깊이는 그 깊이 없음에 있고, 그 가벼움은 비생산적입니다. 무엇인가를 만들고 무엇인가를 이루도록 매순간 부추기는 문화의 반대편에 있는 놀이 속 세상은 무척 안정적이어서, 현대인이 겪는 불안과 걱정, 우울 같은 병으로부터 해방되도록 도와줍니다.

놀이의 해방성은 그것이 가진 연극적 성격으로 설명해볼 수도 있을 것입니다. '놀다'라는 뜻을 가진 영어 단어 play는 명사로 '연극'이라는 뜻입니다. 초등학교 시절 학교에서 하던 연극이나, 성당에서 성탄이나 사순 시기에 하던 연극이 기억납니다. 우리는 실제 나 자신이 아닌 어떤 다른 인격, 때로는 심청전의 뺑덕어멈이 되기도 하고 아기 예수의 탄생을 목도하는 가난한 목동이 되기도 하면서 새로운 이미지들을 만들곤 했습니다. 이렇게 상상을 통해 만든 어떤 이미지를 구체화해서 보여 주는 것, 실재의 확고한 나를 잠시 떠나 다른 인격을 살아 보는 방식이 연극입니다.

연극은 일상 이야기를 하더라도 엄연히 일상 밖이라는 전제를 가집니다. 연극이 시작되면 무대에 불이 켜지고 관객석이 어두워집니다. 그리고 우리는 이야기 속으로 느슨하게 빨려 들어가 매우 편안한 상태가 됩니다. 이때 자기 이야기가 아닌 다른 이의 이야기가 불러일으키는 여러 감정은 우리에게 카타르시스, 즉 내면이 정화되는 경험을 하게 합니다. 이 연극성은 영화관에서 영화를 볼 때도 마찬가지입니다. 편안한 공간에 앉아 이야기 속으로 들어갈 때, 관객석은 서서히 어두워집니다. 그때 어둠 속에서 타자의 삶을 들여다보는 행위는 감동을 주고, 그래서 자신의 삶이라는 연극 속으로 다시 돌아갈 수 있는 힘을 얻습니다. 그

런 면에서 연극의 공간은 현실이라는 공간에서 해방구로
작용합니다.

창의성

창의성이란 없는 것을 만들어 내거나 새롭게 고쳐 나가는
힘입니다. 딱딱한 규칙이 적용되거나 너무 잘 정돈된 공간
에서 인간의 창의성은 위축됩니다. 만약 인간에게 고정불
변의 규칙만이 적용되고 철저히 닫혀 있는 공간만 허락된
다면 그 사회는 폭발하거나 병이 들고 말 것입니다. 마음
껏 상상할 수 있는 느슨한 공간에서 인간은 창의력을 발휘
하게 되는데, 그것이 바로 놀이를 하는 순간입니다. 놀이는
본질상 창의적이기 때문입니다.

　창의성이란, 다르게 생각해 보는 것입니다. 1 더하기
1은 2가 아닐 수도 있습니다. 물 한 방울과 한 방울이 합쳐
지면 물 두 방울이 아니라 여전히 하나이기 때문입니다. 왼
쪽과 오른쪽 양말을 반드시 똑같이 신을 필요는 없습니다.
주전자에 꽃을 심으면 안 될 이유는 없습니다. 머리를 파랗
게 물들여서는 안 될 이유도 없습니다. 남들이 그렇게 한다

고 해서 그저 따라 하지 않아도 됩니다. 다르게 생각하고 가장 마음에 드는 것을 골라 가다 보면 나에게 가장 맞는, 그리고 내가 가장 큰 행복을 느끼는 삶의 방식을 만날지도 모릅니다.

철학을 공부하다 보면, 모든 것을 일률적이고 논리적으로 설명하는 플라톤이나 아리스토텔레스에 질리는 때가 있습니다. 그런데 헤라클레이토스를 읽다가 신선한 충격을 받았습니다. 그는 말합니다. "너는 결코 같은 강물에 발을 담글 수 없다"고 말이지요. 어떤 사람이 매일 같은 시간에 강의 어떤 동일한 지점에 발을 담근다 해도, 그것은 결코 같은 물이 아닙니다. 물은 계속 흘러가는 것이니 어제 내 발에 닿았던 그 물을 다시 만날 수 없고, 설사 그 물이 나를 기다린다 하더라도 내가 더 이상 똑같은 내가 아닙니다. 우리가 보고 있는 저 하늘과 땅이 그저 늘 보는 똑같은 하늘과 땅이 아니라는 것입니다. 이는 일회적인 삶을 살고 있는 우리에게 모든 것을 새롭게 보는 법을 가르쳐 주는 것 같습니다.

다르게 생각하기 위해서는, 부정해 보는 태도 혹은 의심해 보는 태도가 중요합니다. 많은 여성주의 성서학자들은 '의심의 해석학'을 이야기하면서, 성서를 읽을 때도 정직하게 의심해 보라고 가르칩니다. 왜 예수님은 여자들을 제자로 부르지 않으셨을까? 예수님의 부활을 처음 목도한 마리아 막달레나는 왜 중요한 사도로 여겨지지 않을까? 이런 의심들을 진지하게 성찰할 때 비로소 성서가 삶의 의미를 제공해 줄 수 있다고 이야기합니다.

둘째로, 창의적인 것은 만약을 가정하는 것입니다. 창조적인 상상력을 가지고 꿈을 꾸는 것입니다. 만약 내가 이제라도 못다 이룬 꿈을 이룬다면, 나는 어떤 삶을 살고 있을까? 만약 내가 외딴 시골이나 다른 나라에 가서 산다면 어떤 느낌일까? 이런 상상은 실제로 우리 삶의 질을 바꿀 수 있습니다.

세계 최초의 여성 대통령 비그디스 핀보가도티르는 말했습니다. "내가 인생에서 가장 중요한 일 중 하나로 여겨 온 것은, 어린 소녀들에게 자기 자신에 대한 믿음을 심어 주는 일이었다. '비그디스가 할 수 있다면, 나도 할 수 있어'라고 생각하도록." 그는 만약 내가 대통령이 된다면 어떨까 하는 상상을 하도록 인도합니다.* 비그디스 전 대통령은 결혼을 하지 않은 채로 여자아이를 입양해서 가정을 이루었습니다. 가정이 꼭 결혼을 하고 아이를 낳음으로써 이루어지는 것이 아니라, 사랑하고 아끼는 공동체를 만들겠다는 약속으로 이루어지는 것이라는 새로운 개념을 그는 꿈꾸었습니다. 꿈꾸지 않으면, 상상하지 않으면, 우리의 삶은 기쁨을 향해 한 걸음도 나아가지 못합니다.

놀이를 거부하는 세상에서

놀이의 가벼움만큼 혁명적인 것은 없다는 누군가의 말처럼, 놀이의 가벼움과 창조성은 삶을 억압하고 박제시키는 기제를 전복시켜 우리를 순수한 삶의 기쁨으로 돌아가게 해 줍니다. 하지만 끝없는 생산성과 효율성을 강조하는 현

---

* 라운 플뤼겐링, 《이웃집 할머니는 대통령》(옐로브릭).

대 문명은 놀이를 강력하게 거부하고 있습니다. 이런 세상에서 우리는 어떻게 놀이하는 인간의 본성을 회복할 수 있을까요?

제가 자주 대화를 나누던 한 청년은, 자신이 조금도 게을러지거나 쉬지 못하는 것은 그의 부모도 직장 상사도 아닌, 내면의 목소리 때문이라고 말해 주었습니다. 아침에 몸이 너무 아파서 쉬고 싶을 때면, "너, 지금 아무것도 하기 싫다 이거니?"라는 잔인한 목소리가 들려서 일을 하러 나갈 수밖에 없다고 했습니다. 자신이 만나는 모든 사람들에게는 따스하고 다정하면서도 정작 스스로에게는 한 번도 너그럽지 못한 그 청년에게, 삶은 그저 피곤한 일터였습니다. 더욱 슬픈 것은, 깊은 우울감에 빠지기 전까지는 자신의 그런 면을 감지할 수조차 없었다는 점입니다.

요즘 우리는 직장에서 일 중독자들을 흔히 만납니다. 저는 학교에서 그런 사람들과 함께 일하면 꽤 편합니다. 그들은 신뢰할 수 있는 사람들이어서, 어느 시간에 회의를 해도 잘 준비되어 있고 수업도 잘 짜여 있습니다. 그런데 그런 사람들은 다른 삶이 없습니다. 그래서 일이 없는 시간이 되면 불안해하고, 공연히 회의를 요구하기도 합니다. 저는 하루하루 할 일을 미리 적어 놓고 줄을 그어 가며 하루를 보내는데, 신기하게도 그러다 보면 일하는 시간이 점점 늘어남을 알 수 있습니다. 그래서 친구와 그냥 만나서 보내기로 한 시간이 아깝게 느껴집니다. 그런 느낌이 들면, '아, 내가 또 일에 코를 박고 있구나' 하고 얼른 알아챕니다. 알아채는 것은 그래서 중요합니다. 최소한 제가 생산성의 노예가 되지는 않게 해주기 때문입니다.

　일 중독자들은 노는 것을 가장 어색하고 힘들게 느낍니다. 왜냐하면 놀이는 분명한 규칙 속에서도 기대하지 못한 일이 일어나는 것을 즐길 수 있도록 해 주지만, 일은 기대하지 못한 일이 일어나지 않도록, 우연성이 작동되지 않도록 긴장하면서 세상을 통제하는 작업이라 그렇습니다. 놀이가 영원한 승자도 패자도 없는 것이라면, 일은 지지 않기 위해 계속 전전긍긍하는 것입니다. 그런데 삶이란 우연에 기댈 때가 훨씬 많고, 근본적으로 불확실성 위에 놓여 있습니다. 그러니 놀이를 찾는 삶이란, 불확실성을 인정하고 실수를 있는 그대로 받아들이는 일일 것입니다.

"저축해서 뭐해요? 저는 그냥 일 년 아르바이트해서 번 돈으로 여행 왔어요. 온 세상을 둘러볼 거예요"라고 말하는 젊은이들을 자주 만납니다. 여행을 하다 보면 배낭을 메고 와서 한 달 넘게 마음에 드는 어느 곳에 머문다는 한국의 젊은이 한두 명은 꼭 있습니다. 그런데 그것이 정말 잘 노는 삶일까 하는 의문이 듭니다. 바깥세상으로부터 안전하게 고립된 시공간에서 이루어지는 놀이가 한계를 갖지 않고 일상으로 돌아가는 기차를 놓쳐 버리면, 그것은 더 이상 놀이가 아닙니다. 아무리 인생을 즐긴다 해도, 그 사람의 내면에는 두려움과 불안이 엄습할 것입니다. '언제까지 이렇게 살 수 있을까?' '내가 돌아갈 곳은 어디인가?' 등등의 질문들이 자신을 괴롭힐 것입니다.

놀이가 진정한 놀이가 되려면, 언제든 돌아갈 구체적인 삶의 현장과 안전한 출구가 마련되어 있어야 합니다. 놀이와 중독을 비교해 생각해 본다면, 중독은 놀이의 공간에 지나치게 몰입되어 현실 공간이 사라진 것을 의미합니다. 약물이나 컴퓨터 게임, 혹은 끊임없이 세상 곳곳을 떠도는 여행 등 다양하겠지요. 그래서 중요한 것은 출구를 마련해 놓고 놀이에 몰두하는 것입니다.

놀이의 즐거움이 점점 커져서 그것이 세상 속에서도 자리를 잡을 때, 우리는 그 놀이를 소명이라고 합니다. 원래 소명의 개념은 종교적인 의미가 큰데, 성직자나 수도자가 되어서 살아가는 부르심을 뜻합니다. 교회에서 지내는 것이 너무 즐겁고 행복하거나, 누군가를 돕고 자기 삶을 나누는 것이 본질적으로 가장 행복한 생이라는 확신이 들 때, 그런 사람들은 평생을 그렇게 살고 싶다고 선언하고 그 길을 갈 것을 약속합니다. 우리는 그런 삶을 소명 혹은 성소(거룩한 부르심)라고 합니다. 인도 콜카타에서 죽어가는 사람들에게 안식처를 주었던 마더 테레사도, 가진 것을 다 버리고 가난과 사랑의 삶에 빠져들었던 벌거벗은 성인 프란치스코도, 그 신성한 놀이에 매료된 사람들이라고 생각합니다.

몇 년 전 어느 인터뷰에서 하늘나라는 무엇이냐는 질문을 받은 적이 있습니다. 그때 저는 자기가 좋아하는 일을 하는 것이라고 대답했습니다. 그 인터뷰가 실린 기사에 어떤 사람들이 인생이 그렇게 쉬운 것이냐는 부정적인 댓글을 단 것을 보고 기가 막혔습니다. 저는 결코 좋아하는 일을 하는 것이 쉽다고 이야기하지 않았습니다. 기쁘고 즐겁기는 하지만, 그것은 절대 쉽지 않습니다. 자기가 좋아하는 일, 잘하는 일을 찾아내는 것이 어떻게 쉬울 수 있을까요? 그러므로 놀이라는 실험을 통해 그에 대해 알아갈 시간과 공간이 필요한 것입니다.

요즘처럼 모든 것이 빠르게 바뀌어 가는 불확실성의 시대에는 어떤 직업이 안정과 풍요를 보장한다고 단언할 수 없습니다. 하이테크 시대에 이삼백 개 넘는 직업이 사라진다는 보도도 심심치 않게 나옵니다. 산업혁명이 일어날 때마다 많은 일거리가 없어지고 새로운 일거리가 생겨났고, 오늘 우리가 살고 있는 이 시대도 예외는 아닐 것입니다. 예를 들어 외과 의사가 집도하는 위험한 수술의 상당수는 아마도 인공지능이 대체하게 될 것이고, 대학 교수들은 언젠가는 지금과 같은 형태로 그저 강의실에서 수업을 하지는 않을 것입니다. 이런 시대에 결국 행복이라는 것은, 나머지 모든 것을 다 잃어도 좋을 어떤 것을 찾아 지금까지 없던 길을 가는 일일지도 모릅니다. 그렇다면 자기가 좋아하는 놀이를 통해 자기가 누구인지를 알아가고 또 그 일을 평생 해 나갈 때, 인생은 즐거움과 함께 의미를 가지게 될 것입니다.

놀이를 통해 우리는 희망을 훈련할 수 있습니다. 나름대로 안전한 울타리 안에서 모델을 계획하고, 실험하고, 다시 수정하는 것. 이것이 놀이이고 재창조입니다. 놀이의 기쁨은 우리의 감각을 세련되게 하여 합리적 능력뿐 아니라 환상을 창조해 냅니다. 세속화된 이 세상에서 자기가 좋아하는 일, 놀이처럼 편하고 창의적인 자신이 되도록 이끌어 주는 일은, 결국 신이 부여한 소명일 것입니다. 그러기 위해서는 우선 많이 놀면서 자신을 느긋하게 돌아보며, 자신이 진정으로 좋아하는 놀이가 무엇인지를 찾아가는 일이 중요하다고 하겠습니다.

유머와 웃음

남을 즐겁게 해줄 유머 감각을 선사하사,

제 삶에 스며 있는 많은 행복을 느끼며,

그 행복을 이웃과 함께 나눌 수 있는

은총을 내려 주소서.

-토머스 모어, 〈유머를 위한 기도〉 중에서

프란치스코 교황은 2014년에 열린 한 바티칸 고위 성직자 회의에서 근엄하신 주교들과 추기경들에게 교황청이 영적 치매에 걸렸음을 보여 주는 여러 가지 증상을 나열했는데, 그중 하나가 침울한 표정을 짓는 병이었습니다. 그러면서 교황은 유머러스한 태도를 권유했습니다. 너무 심각한 표정이나 고압적인 자세는 '나는 이 정도로 중요한 사람이야' 혹은 '나는 당신들과는 다르다'는 권위의식이나 특권

의식과 무관하지 않습니다. 그런 사람은 대개 사고가 경직되고, 가치관이 자신과 다른 사람들에 대해 분노하거나 스스로에 대해 심한 좌절을 체험할 수밖에 없습니다.

교황청의 완고하고 침울한 분위기에 유머를 처방한 교황의 위트는, 지나치게 진지한 근대 문화를 비판한 요한 하위징아의 진단과 일맥상통합니다. 근대를 지나 현대로 오면서, 소위 엘리트 문화는 웃음 혹은 우스개를 천박한 것으로 여기는 경향이 있습니다. 하지만 웃음과 가벼움을 상실한 인간들은 결국 왜소해지고 각자 깊은 소외를 경험하게 되는 것 같습니다.

유머의 미덕

제가 가장 좋아하는 희극인은 찰리 채플린입니다. 그는 자신을 항상 작고 가난하고 무력하게 표현하는데, 그의 유약한 모습을 보며 그것이 제 안에 있는 어린아이와 닮아 있어서 웃음을 터뜨리는 동시에 연민과 공감을 함께 느끼기 때문입니다. 한국계 미국인인 여성 코미디언 마가렛 조(Margaret Cho)도 좋아합니다. 그는 부모님의 한국식 억양을 흉내 내거나 아시아계 이민 가정의 문화를 재미있게 표현하고, 한편으로는 유색인과 이민자를 향한 사회적 편견을 비웃으며 미국 문화를 날카롭게 비평합니다. 그는 젊은이들의 성생활도 자유롭게 표현하는데, 그 역시 두 문화를 살아가는 이민자 가정에서 자라며 겪은 애환이 웃음으로 승화되어 있습니다. 유머는 힘든 세상을 살면서도 그 어려움에 얼굴을 파묻지 않고 세상을 용기 있게 바라보게 합니다, 새로운 반전으로 함께 웃는 친구들과 즐거워하게 하고, 그래서 어느 정도 마음의 균형을 잡아 줍니다.

저는 어머니의 장례를 화장으로 치렀는데, 어머니의 시신을 태우는 동안 조카들과 함께 지켜보며 눈물을 흘리고 있었습니다. 그러다 조카들이 평소에 유머 감각이 많았던 제 어머니를 기억하며, 한 사람씩 할머니와 관련된 재미있는 이야기를 나누기 시작했습니다. 그러면서 우리는 간간이 웃음을 터뜨렸습니다. 슬픔 한가운데서 사랑하는 사람들이 함께 모여 고인의 따스한 마음과 기지를 떠올리는 일화들을 들으면서, 슬픔이 가만히 마음속에 가라앉는 것을 느꼈습니다. 그리고 어쩌면 어머니는 우리가 슬픔 속에서도 어머니를 생각하며 웃고 있는 모습을 더 기뻐하시리라는 생각도 들었습니다. 이렇듯 유머는 삶의 무게에 짓눌리지 않고 걸어갈 힘을 주고, 가슴 아픈 순간에도 삶의 아름다움을 살짝 드러내 기운을 돋우기도 합니다.

무엇보다 유머는 상대방의 긴장을 풀어 주고 싶을 때 인간이 다른 인간에게 해줄 수 있는 따뜻하고 친절한 행동이라고 생각합니다. 저는 수업을 할 때 혹시 수업이 불편하고 두려운 학생들이 있을까 봐, 조심성 없이 걸어 다니다 교단에서 발을 헛디디면 그것을 감추지 않고 더 과장하곤 합니다. 일단 좀 웃고 나면 어려운 철학적 개념도 좀 쉽게 느낄 수 있지 않을까 하는 마음에서입니다. 수업 중에 학생들의 과자를 얻어먹기도 합니다. 대학 문화가 아직 익숙하지 않은 학생들이 편안한 얼굴로 웃는 것을 보면 마음이 좀 놓이기 때문입니다.

그리고 유머는 말하는 사람보다 듣는 사람의 역할이 더 중요한 것이 아닐까 하는 생각이 듭니다. 어느 날 유머 감각에 대해 이야기를 나누다, 한 친구가 자신은 유머 감각이 없다는 말을 했습니다. 하지만 제가 볼 때 그 친구는 아주 재미있는 사람이고, 어떤 종류의 농담이나 이야기에도 잘 웃고 즐거워하는 편이어서 좀 의아했습니다. 그래서 왜 그렇게 생각하느냐고 물었더니, 자신은 재미있게 들은 이야기를 옮기려 하면 갑자기 이야기가 김빠진 맥주처럼 재미가 없어진다는 것입니다. 그래서 저는 그에게 잘 웃는 것이 유머 감각 중에서도 으뜸이며, 제가 하는 사소한 농담에 잘 웃어 주는 그 친구의 웃음소리가 최고의 유머라고 이야기해 주었습니다. 왜냐하면 웃음은 전염성이 있어서 그리 우습지 않은 이야기라도 누군가가 즐겁게 웃어 주면 어떤 사람들은 영문을 모르는 채 따라 웃기도 하면서 그 웃음이 서너 배는 증가하기 때문입니다. 다시 말해, 유머의 미덕은 상황을 부드럽고 편하게 만들어 주려는 마음, 그리고 그 마음을 편안히 잘 받아 주는 행동에 있습니다. 유머가 적극적으로 다른 사람들을 즐겁게 하고 싶은 친절한 마음이라고 한다면, 웃음은 상대의 유머에 동의하는 마음이라 할 수 있겠습니다. 함께 웃을 때 상호성과 유대감이 생성되는데, 이

유대감이야말로 행복과 즐거움의 진정한 근원입니다.

현대에는 삶의 방식이 너무 다양화되면서, 공동의 유머 코드를 찾기가 쉽지 않은 것 같습니다. 우리 사회가 70-80년대 독재 정권 아래 있을 때는, 정치적인 유머가 무척 많았습니다. 절대 권력의 어리석음이나 추함을 우습게 묘사함으로써, 억압된 분노를 함께 분출하곤 했습니다. 또 모두가 텔레비전을 보던 시절에는 같은 코미디 프로그램을 시청하면서 공감했지만, 요즘처럼 매체가 다양해진 시절에 한 가지의 유머 코드를 공유하기는 쉽지 않아 보입니다. 그럼에도 불구하고, 기본적으로 누군가의 유머나 개그에 웃음을 함께 터뜨리는 행위가 육체적으로뿐 아니라 영적으로 공동체를 이루게 한다는 점은 여전히 중요합니다. 웃음은 물질과 정신을 나누는 이분법적 사고를 거부하는 몸짓이며, 마치 성찬제와 같은 것이라고 테리 이글턴(Terry Eagleton)은 말합니다. 함께 웃음이 터져 나오는 순간에, 아주 순수한 기쁨이 생겨납니다.

유머의 역동

코미디를 연구한 슬로베니아의 철학자 알렌카 주판치치 (Alenka Zupančič)는 농담과 유머는 불확실하고 무너질 것 같은 세상의 본질을 드러내거나 설명하는 역할을 한다고 이야기합니다. 저는 그것이 유머의 핵심이라고 생각합니다. 우리의 사회 구조와 우리가 쓰는 많은 언어는 삶의 본질을 자주 가리우고, 거짓된 안전감을 심어 주려 합니다. 우리는 어떤 특정한 방식으로 살아야 하고, 이러저러한 것들을 지켜야 한다고 교육받으면서 사회 구조에 갇혀 버립니다. 그런데 유머와 농담은 이러한 논리와 이념에 과감하게 질문을 던지고, 그 허점을 드러내 줍니다. 그리고 나아가 점차 사회를 바꾸는 구실을 하게 되는 것입니다.

우리나라는 유신 독재 시절에 많은 사람들이 김지하의 〈오적〉 같은 저항시를 마당극으로 만들어, 한자리에 모여 웃으면서 저항을 배웠습니다. 미하일 바흐찐에게도 웃음은 러시아 공산 정권 치하에서 저항하는 힘이었습니다. 그에게 웃음은 단순히 어떤 우스운 사건에 대한 반응일 뿐 아니라, 심오한 철학적 의미를 지닌 특별한 형태의 지식이었던 것입니다. 웃음 혹은 유머란 세상을 쪼개어 보기보다 큰 틀 안에서 하나로 보는 시선이고, 새로운 관점으로 세상을 바라보게 하는 통로이며, 심지어 어떤 세상의 진리는 웃을 때만 보인다고 그는 주장합니다.

그렇다면 유머는 어떤 역동으로 이러한 일들을 하는 것일까요? 첫째, 프로이트는 유머를 인간 심리에 억압되어 있는 에너지를 방출시키는 힘으로 보았습니다. 사람들은 금지된 사랑이나 금기시되는 주제를 유머로 부드럽게 만들어서 그로 인한 긴장을 해소한다는 것입니다. 그러고 보면 우리가 중·고등학교 때 많이 듣던 음담패설도, 왕성한 청소년기의 억압된 성적 에너지를 표출하고 긴장을 해소하는 도구가 아니었나 하는 생각이 듭니다. 한 사회를 억압하는 금기가 많을수록 이런 종류의 이야기들도 많아지기 마련입니다.

둘째, 유머는 삶의 부조리를 거부하지 않고, 인간으로 하여금 있는 그대로의 한계를 받아들이면서 웃게 합니다. 심각한 사회 문제나 실존의 부조리에 대해 철학자나 사회학자가 진지하게 대답하는 동안, 유머를 사용하는 사람들은 엉뚱한 지점을 연결하거나 말장난을 통해서 새로운 차원의 말(사실상은 말이 안 되는)을 만들어 내는 기지를 발휘합니다. 그래서 유머에서 가장 중요한 요소는 부조화의 반전에 있습니다. 생각의 차이를 이용한 소위 아재개그처럼, 동상이몽 혹은 언어유희 기법의 유머가 그 예일 것입니다. 할아버지가 좋아하는 돈(money)은 할머니이고, 미국에서 내리는 비는 USB입니다. 이런 식으로 전혀 다른 연결 고리를 가지고 반전을 꾀함으로써, 현실의 한계 아래 억눌린 인간이 긴장을 해소하게 하는 것이 유머입니다.

무엇보다 강력한 유머의 역동은, 모든 것이 그다지 심각할 필요는 없다는 것을 상기시키는 힘으로서 작용한다는 것입니다. 유머는 이것 아니면 저것을 선택해야 하는 상황, 너무 극단적인 결론을 내려야 하는 상황에서 벗어나게 도와줍니다. 약간 비껴간 시선으로 바라보면, 어떤 상황이든 그렇게 무거운 것이 아닐 수 있다는 것입니다.

좋은 유머

그런데 모든 유머가 우리를 기쁘게 하고 마음을 위로하는 것은 아닙니다. 불쾌감을 주는 유머도 있습니다. 모두가 말하는 사람의 입장이 되어 유머를 듣는다면 걱정할 것이 없겠지만, 어떤 유머는 다른 사람에게 상처가 될 수도 있으므로 좋은 유머란 무엇인지에 대해서도 한번 생각해 보고자 합니다.

첫째, 몸의 이미지나 사람이 가진 약점을 흉내 내는 유머는 불쾌합니다. 유머 이론 중에는, 유머가 유머를 수행하는 사람들에게 우월감을 준다고 주장하는 내용도 있습니다. 가령 다른 사람의 어떤 실수나 약점을 드러내고 웃음으로써 자신이 상대보다 더 나은 존재라는 것을 알리면 기분이 좋아진다는 것입니다. 하지만 그런 농담은 그 약점을 가진 사람에게는 치명적인 이야기입니다.

하지만 이 경우를 좀 더 깊이 들여다보면 이런 유머를 구사하는 사람은 그 유머의 대상보다 열등한 경우가 더 많은 것 같습니다. 실제로는 대적할 수 없는 어떤 사람이 작은 실수를 할 때, 그것을 가지고 웃으면서 자신의 열등감을 잊는 수단으로 유머를 사용하는 것일지도 모릅니다. 하지만 유머를 잘 즐기는 법은 오히려 결점과 실수투성이인 인간의 본성, 그리고 그렇게 드러난 약점들에 공감하는 데 있습니다. 유머가 주는 진정한 기쁨은, 타인의 약점에서 자신의 약점을 발견하고 그렇게 발견한 자신의 약점을 가지고 웃을 수 있는 여유에서 옵니다. 바로 그런 인간적인 여유가 유머의 본질입니다.

둘째, 너무 노골적이기보다는 여지를 남겨 두는 유머가 좋습니다. 모든 전제와 내용을 꼬치꼬치 캐면 유머의 즐거움은 사라집니다. 어느 날 소셜미디어로 한 졸업생이 말을 걸었습니다. 안녕하시냐는 말과 함께 자신은 이제 대학원을 졸업하고 특수학교 교사가 되었다고 그는 말했습니다. 대화를 마무리하면서 저는 이제 코로나로 인해 새로운 시대가 오니 긴장하라는 뜻으로 "Hey, Mark. Buckle up!"이라고 적었습니다. 그러자 그는 "Always buckled"라고 답했습니다. 그러니까 저는 "애, 벨트 바짝 조여"라고 말한 것이고, 마크라는 청년은 느긋하게 "벨트는 늘 하고 있어요"라고 응수한 것입니다. 저는 "오, 그거 좋아!" 하면서 한참을 웃었습니다.

　셋째, 가장 즐겁고도 안전한 유머는 대놓고 자기를 비웃고 조롱하는 유머입니다. 가톨릭 교회에는 교회를 비판하는 유머가 많습니다. 예를 들어, 어떤 사람이 지옥에 떨어져서 자기가 왜 이런 곳에 오게 되었는지 모르겠다고 불평하고 있는데 저쪽에서 얼마 전에 죽은 본당 신부님이 달려나왔다고 합니다. "신부님, 아니 신부님이 여길 어떻게 오셨나요?" 하고 놀라 물으니, "쉿, 형제님. 조용히 하세요. 지금 주교님 주무세요"라고 했다는 것입니다. 거룩함을 가르치는 교회의 위계질서를 비웃는 이 유머를 제가 들은 것은 신부님들이 모인 자리에서였습니다. 이 이야기의 등장인물과 관계가 전혀 없는 사람들이 이 농담을 하면 천박한 이야기가 될 수도 있고 하나도 우습지 않습니다. 그러나 이것이 재미있는 이유는 자기에 대한 비하이기 때문입니다.

　《논어》를 보면 공자가 일부러 멍청한 체하는 경우가 종종 나옵니다. 제가 공자를 제대로 진지하게 읽기 시작한 것은 미국에 와서 수업을 하기 위해서였는데, 공자의 대화법이 무척 신기했습니다. 자신에 대해 비판적인 제자들의 질문에도, 공자는 대부분 "그래, 네가 옳다"라고 수긍합니다. 자기에 대한 비하도 심심치 않게 보입니다. 논어의 〈자한편〉을 보면 한번은 자공이라는 제자가 "여기 좋은 옥이 있다면 상자 속에 감추어 두시겠습니까, 아니면 좋은 장사치를 찾아 파시겠습니까?"라고 묻자, 공자는 "팔아야지, 그렇고말고. 나는 나를 사 갈 사람을 기다리고 있단나"라고 말합니다. 제자백가 시대 정치철학자들은 너나 할 것 없이 자기의 사상을 팔고 있었고, 공자도 결국 그런 학자들 중 한 사람이었습니다. 체념 섞인 그의 농담이 보여 주듯 그의 사상은 상업적으로 실패했지만, 이것이 어쩌면 그가 위대한 스승으로 남은 이유인지도 모르겠다는 생각을 합니다. 저는 이 이야기를 보면서 다 내려놓은 공자의 겸허한 마음이 느껴져서 약간은 슬퍼지지만, 그래서 그가 참 좋습니다.

이렇게 자기를 가지고 하는 농담이 세상에서 가장 안전한 농담이며, 가장 친절한 유머라고 저는 생각합니다. 의도적으로 타인의 약점을 우스갯거리로 만들면서 자기의 우월감을 드러내는 사람은 어쩌면 가장 유머 감각이 없거나 둔한 사람일지도 모릅니다.

유머러스한 사람 되기

유머러스한 사람이란 스스로에게 넉넉하고 남에게도 웃음을 주는 사람이라고 말할 수 있을 것입니다. 그렇다면 유머러스한 사람의 특징은 무엇일까요? 저는 자신을 낮추는 여유와 친절함, 그리고 단순한 마음이라 말하고 싶습니다. 이는 결국 기쁨을 잘 느끼는 사람과 아주 많이 닮아 있는데, 유머에는 고단한 삶을 잘 승화할 때 나타나는 웃음과 연민, 그리고 어려움을 잘 넘어가는 슬기로움 같은 것들이 담겨 있기 때문일 것입니다.

파인 김동환의 시들은 참 따스한 것이 많은데, 그중에 〈웃은 죄〉라는 재미있는 시가 있습니다.

지름길 묻길래 대답했지요.

물 한 모금 달라기에 샘물 떠 주고

그러고는 인사하기 웃고 받았지요.

평양성에 해 안 뜬대두
난 <u>모르오</u>
웃은 죄밖에.

웃은 죄가 세상에서 가장 아름다운 죄일 듯합니다. 이 시를 읽다 보면, 혹시 오해를 받고 속이 상했을 어떤 사람의 마음이 느껴지기도 하고, 샘물가에서 모르는 남녀가 잠깐 눈을 맞추었을까 하는 재미난 상상을 하기도 합니다. 그리고 엉뚱하게 정색하며, 평양성에 해 안 뜨더라도 난 모른다고 지레 손사래를 치는 이 사람에게서 참 담백하고 순수한 인간미가 넘쳐 납니다. 그것이 그저 웃은 죄라는 말에 픽 웃음이 나옵니다. 두 사람 사이에 오고 간 것이 무엇이었든 친절하고 단순한, 그리고 아직도 상기된 얼굴의 어떤 여인을 상상하게 되면서, 이런 아름다운 죄를 짓고 싶은 마음도 듭니다.

우리가 살면서 만났던 유머러스한 사람들을 떠올려 보

면, 우선 까탈스럽지 않은 사람이란 사실을 알 수 있습니다. 유머란 일상적인 논리의 연결이 끊어지고 엉뚱한 곳으로 연결되면서 웃음이 터져 나오게 하는 것인데, 일상적인 논리만 주장한다는 것은 결국 여유가 없음을 의미합니다. 또한 유머가 가르치는 다른 차원의 의미를 받아들일 마음의 탄력이 없다는 것을 의미합니다. 신앙, 교육, 이념 같은 것들은 다른 차원의 의미를 쉽게 허용하지 않는 경향이 있습니다. 또 개인적으로 안전의 욕구나 자기중심적 생각에 갇힌 사람들은 유머 감각을 갖기가 힘듭니다.

그리고 기억해야 할 것은, 유머를 말하는 사람보다 오히려 남의 이야기를 듣고 쉽게 웃음을 터뜨릴 수 있는 이들이 훨씬 유머 감각이 있는 사람이라는 사실입니다. 평범한 것 속에 숨겨진, 혹은 그 이상의 의미를 찾을 수 있는 시선을 가진 사람이라면 그는 이미 생의 기쁨을 누리는 사람일 것입니다.

우리는 즐거움과 기쁨만을 누리고 싶어 하고, 그런 곳이 천국일 거라고 이야기합니다. 그러나 천국이란 곧 인간성의 완성이라고 본다면, 분명 거기에는 웃음소리와 우리가 흘린 눈물이 함께 있을 것입니다. 저는 어느 블로그에서 "천국에는 유머가 없다"는 제목의 글을 읽은 적이 있는데, 그 블로거는 마크 트웨인의 유명한 말을 인용하고 있었습니다. 정말 깊은 공감을 느끼게 했던 그의 말은 이렇습니다. "유머의 원천은 기쁨이 아니라 슬픔이다. 천국에는 유머가 존재하지 않는다." 그러고 보면, 유머란 우리가 살고 있는 이 불완전하고 부조리한 세상을 그나마 유유히 살아갈 수 있게 해 주는 유익한 장치라고 할 수 있을 것입니다.

유머는 슬픈 일상 깊은 곳에 숨겨진 아름다움을 보게 하는 마음의 여유입니다. 이 세상의 모든 것은 변화하며 영원할 수 없기에, 우리는 살아가면서 많은 상실과 슬픔을 체험할 수밖에 없습니다. 이런 삶의 조건 속에서 스스로 생을 통제할 수 없음을 깨달을 때, 우리는 비로소 가볍게 모든 것을 있는 그대로 받아들이고, 유머로 웃어넘길 수 있을 것입니다. 그리고 타인에게 좀 더 친절할 수 있을 것입니다.

기쁨을 매개하는 텍스트들

우리가 기쁨을 발견하는 길을 걸어가며 삶의 의미들을 살펴보는 일에서 정말 중요한 역할을 해주는 매개체들이 있습니다. 이는 자기 안에 아직 형태를 갖추거나 결을 형성하지 못한 경험들을 일깨워, 그 경험에게 이름을 주고 또 다가오는 인생을 기꺼이 맞이하도록 준비시켜 줍니다. 우리는 그런 매체가 되는 것을 텍스트라고 부릅니다. 이러한 텍스트는 책, 영화, 그림, 춤, 다른 사람의 눈빛이나 몸짓, 동작 등을 다양하게 포함하는데, 어떤 형식이든 잘 선택된 텍스트는 우리 삶의 경험을 드러내고 그 숨은 의미를 깨닫도록 도와줍니다. 그러나 살면서 만나는 여러 텍스트들에 수동적으로 무조건 동의할 필요는 없으며, 또 그래서도 안 됩니다.

책

인류에게 주어진 대표적인 매체 중에는 경전(the scripture)이라고 하는 책들이 있습니다. 성서나 불경, 코란 같은 책은 지혜의 보고로서 많은 사람들이 삶을 이해하는 준거로 이용해 왔습니다. 사람들은 흔히 인생을 어떻게 살아야 할지 진지하게 묻는 이들에게 경전을 읽으라고 이야기합니다. '이웃을 자기 몸처럼 사랑하라'거나, '외투 없이 춥게 밤을 보내는 사람이 있으면 자기 옷을 벗어 주어야 한다'와 같은 황금률이 들어 있기 때문입니다. 경전이 인생에 대해 제시하는 절대 명령들은 삶의 방향을 잃었을 때 언제나 꺼내어 볼 수 있는 나침반과 같습니다.

그런데 이런 경전도 무조건 따르고 동의해야 하는 책으

로 이해하기엔, 어딘가 미흡한 점이 있습니다. 그리스도교 신자들은 성서의 절대성을 인정하는 전통에 서 있으므로, 이런 제 이야기에 의문을 제기하거나 불편한 감정이 드실 수도 있을 것입니다. 하지만 신약성서를 보면 세 개의 공관복음(같은 관점으로 쓰인 복음)이 서로 비슷하면서도 다르게 구성되어 있음을 보게 됩니다. 글자 그대로 믿으려면 이런 불일치나 차이를 어떻게 해결할 수 있을까요? 어느 때는 루가복음의 서정적이고 시적인 표현이, 어느 때는 마르코복음의 직설적이고 거친 표현이 더 강하게 다가오는 것을 우리는 경험할 수 있습니다. 그래서 성서를 읽을 때, 각 복음서를 탄생시킨 배경이 되는 공동체의 상황, 말하고자 하는 의미, 각 책의 고유한 결을 느끼면서 읽는 것이 중요하고, 특히 서로 다른 부분들을 비교해 가며 읽는 것도 성서를 이해하는 좋은 방법이 될 것입니다.

한편, 소설이나 시와 같은 문학 작품도 좋은 기쁨의 매체입니다. 사람을 사랑하는 것과 인간의 본질에 대해, 그리고 말하지 않은 공백이 담고 있는 의미들에 대해 우리는 문학 작품을 통해 배웁니다. 문학이 없었다면, 저는 제 삶의 느낌과 결을 어떻게 표현해야 할지 결코 알 수 없었을 것 같습니다. 저는 초등학교 때부터 국어 시간에 여러 종류의 글들을 읽어 왔고, 지금도 하루도 빠짐없이 좋은 글들을 만납니다. 언젠가부터 책을 읽고 나면 마치 소리를 치거나 노래를 한 것처럼 목이 얼얼해지기 시작했습니다. 특히 저자가 열정을 가지고 쓴 글을 읽으면 더했는데, 아마도 인상 깊은 구절이 나올 때마다 지자의 열성적인 목소리에 조응하여 제 성대가 떨렸기 때문인 것 같습니다. 그리고 마음속으로 '맞아요' 혹은 '아닌데요' 하는 식의 격한 반응을 하느라 그랬던 것 같습니다.

저는 박완서 선생님의 글들을 무척 좋아했고 지금도 여전히 좋아합니다. 과장이나 자기도취와는 거리를 두고 사소하고 평범하게 펼쳐지는 그분의 글과 그 속의 인물들은 잔잔하고도 예리하게 여성의 삶과 어머니의 삶을 이야기해 줍니다. 생텍쥐페리의 《어린 왕자》와 권정생의 《강아지 똥》은 성서 못지않게 제 영혼에 깊이 자리 잡은 책입니다. 《어린 왕자》는 제게 사물을 아이처럼 새롭고도 따스하게 바라보는 시선을 선물해 주었습니다. 또한 아무 짝에도 쓸모없는 개똥이 자기를 비우고 거름이 되어 예쁜 민들레 꽃을 피운다는(혹은 그 꽃이 된다는) 이야기인《강아지 똥》은, 아무리 초라해 보이는 삶도 의미를 찾으면 빛이 난다는 생의 비밀을 알려 주었습니다.

최근에 읽은 감동적인 책으로는, 오르한 파묵의《내 이름은 빨강》이 있습니다. 내용도 무척 흥미롭고, 르네상스 시대의 터키를 배경으로 한 이야기라 단번에 제 마음을 사로잡은 책입니다. 지금도 여전히 기억에 남는 것은, 사람이 가지는 질투심을 매우 당연한 일쯤으로 치부하여 기술하고 있다는 점입니다. 질투심을 극복하려고 고군분투하는 허접한 수도자인 저에게, 이 책은 약점을 편안하게 받아들이는 계기가 되었습니다. 인간의 부정적 본성에 대한 너그러움, 혹은 그것과의 깊은 화해랄까요. 그런 정서가 제 약점들에 대해 좀 편안해져도 좋다는 위로로 느껴졌습니다. '사람은 원래 그런 거야'라는 저자의 목소리가 이 두꺼운 소설의 페이지마다 담겨 있는 것 같았습니다.

그런데 작품 속 주인공의 삶에 동의가 안 되거나, 작가의 스타일에 거부감이 느껴지는 경우 또한 자신이 어떤 경향을 지닌 사람이고 또 어떤 삶을 살고 싶어 하는지를 한층 더 이해할 수 있게 해줍니다. 가끔 어떤 글을 보면, 매우 잘 썼고 재미있는데 저자의 목소리가 거슬릴 때가 있습니다. 잘난 체하거나 자기의 내면이 이렇게도 아름답다고 드러내 보이고 싶어 하는 자아도취적인 모습이 보일 때 그렇습니다. 자아도취적 성향이란 인간이 지닌 보편적인 모습일 텐데, 그것이 유독 거슬리는 저를 보면서 저 스스로의 자아도취적인 모습을 잘 받아들이지 못했구나 하는 생각을 하게 됩니다. 이렇듯 부정적인 느낌이나 저항감을 주는 글은 자신의 삶이나 지향을 점검하게 도와주는 좋은 매체입니다.

저는 언젠가부터 글을 쓸 때도 혹시 내가 실제보다 더 나은 사람처럼 보이려고 과장하는 부분이 있는지 신경증적으로 살펴보는 습관이 있습니다. 그리고 그런 저를 발견하면 고졸미를 생각합니다. 자기가 가진 것보다 덜 보여 주는 것. 그래서 상대를 편안하게 하고, 그래서 자신도 다시 편안해지는 그런 아름다움이지요. 그리고 노자가 도덕경에서 말했듯 그저 물처럼 담박하고 아래로 흐르며 세상을 편하게 하는 도를 생각하게 됩니다. 그저 편안하고 담담하게,

너무 빽빽하지 않은 그런 글을 쓰고 싶다는 생각이 더욱 간절해집니다. 그럴 때 내 안의 성글고 세련되지 못한 마음도 편하게 다독이며 갈 수 있을 테니까요. 이렇게 저는 화려한 것을 좋아하는 저의 본성을 거슬러, 소박한 아름다움을 배워 가고 있습니다. 아마도 그런 과정에 있는 저이기에, 한껏 멋을 부린 화려한 문체와 자기도취적인 인물을 만날 때면 강한 거부감이 드는 것 같습니다.

예술

예술 작품은 자기 삶의 경험들을 놓고 대화하기에 좋은 소재입니다. 헨리 나우웬(Henri Nouwen) 같은 영성가는 렘브란트의 작품인 〈돌아온 탕자〉를 묵상하면서 자신의 삶과 영성을 성찰했습니다. 나우웬 신부는 정말 끝없이 삶의 의미를 배우기 위해 노력했던 분이라고 저는 생각합니다. 장 바니에(Jean Vanier)가 세운 라르쉬(L'arche)라는 장애인 공동체에서 살기도 했고, 철저한 관상 수도생활을 배우고 싶어

뉴욕에 있는 제네시 수도원에서 지내기도 했습니다. 그런데 그보다 더 아름다운 것은 우정에 대한 갈망과 누군가를 향한 그리움, 존재의 외로움 같은 감정을 아주 솔직하게 고백한 글들이라고 저는 생각합니다. 그런 갈망을 깊이 간직하고 있었던 헨리 나우웬이 만난 그 그림에는, 무조건적으로 받아들이는 아버지의 사랑, 부성적인 동시에 모성적인 사랑이 담겨 있습니다.

저에게도 삶에 큰 영향을 주었고 지금도 삶을 돌아보게 하는 몇 개의 작품이 있습니다. 반 고흐의 〈낡은 구두 한 켤레〉는 저로 하여금 삶에 대해서, 그리고 삶에서 흘리는 땀에 대해서 깊이 성찰하게 한 작품입니다. 낡아 버린 가죽 구두에는 한 인간의 삶이 고스란히 담겨 있습니다. 물론 이 그림은 그 낡은 신을 신고 다녔을 탄광이나 농장 같은 작업장도, 고단한 몸을 이끌고 다녔을 길거리도 보여 주지 않습니다. 하지만 우리는 이 그림에서 훨씬 많은 것을 만납니다. 가족을 부양하려고 하루 종일 일했을 세상의 많은 아버지들과 아직 어린 노동자들, 그들의 뒷모습과 고단함을 만납니다. 혹시 나는 내게 주어진 많은 것들을 너무 당연히 여기고 있지는 않은지 스스로에게 묻고, 결코 그냥 지나칠 수 없는 사람들의 삶의 조건들을 생각합니다.

다른 작품은 로댕의 〈하느님의 손〉이라는 조각 작품입니다. 거친 돌 위에 부드럽게 조각된 남과 여의 모습은 하염없이 고통받으며 '왜'라는 질문을 퍼붓는 것 같기도 하고, 그들이 처음 창조되는 순간을 표현하는 것 같기도 합니다. 그런데 그 인간들과 거친 돌덩어리를 함께 부드럽게 감싸고 있는 하느님의 손은 창조주의 연민을 떠올립니다. 그리고 추락하는 나를 받쳐 주는 신의 사랑을 생각하게 합니다.

마지막으로 저에게 늘 아름답게, 그러면서도 한편으로는 목에 걸린 가시처럼 다가오는 조르주 루오(Georges Rouault)의 〈미제레레〉(Miserere)라는 연작 동판화가 있습니다. 저는 이 58편의 작품들을 사순 시기, 특히 예수님의 수난을 묵상하는 성 주간에는 꼭 묵상합니다. 진정한 그리스도인이고 싶은 저에게 이 작품들은 많은 것을 질문합니다. 지난 2020년에는 코로나 바이러스로 온 세계가 아파하고 슬퍼하는 가운데 성 금요일을 맞아 이 작품들을 묵상했는데, 어둠 속에서 희망을 보았던 루오의 신심을 더 특별하게 만날 수 있었습니다.

저는 그날, 작품 번호 7번 〈우리는 우리가 왕이라고 믿는다〉에 한참을 머물렀습니다. 모든 것을 다 가질 것처럼, 다 할 수 있을 것처럼 믿었던 우리 시대의 오만이 코로나 바이러스라는 역병 앞에 무너지는 현실 앞에서, 이 작품은 다시 한 번 매일의 생활 너머에 놓인 것을 바라보라고 초대합니다. 그리고 제 삶의 방향을 분간하기 힘들 때, 그리고 강한 열심과 노력이 허무하게 느껴질 때면, 저는 언제든 〈메마른 땅에 씨 뿌리는 아름다운 성소〉라는 작품 앞에 앉습니다. 적나라한 고통과 어둠 속에서 더 깊이 희망을 이야기하는 이 작품들은 늘 삶에 대해, 또 저 자신에 대해 이야기해 주고, 진정한 희망의 깊이를 생각하게 합니다.

이와 비슷한 맥락에서 저는 사진을 좋아합니다. 특히 좋아하는 작가는 도로시아 랭(Dorothea Lange)입니다. 그녀는 미국 대공황 당시 사람들의 살아가는 모습을 정직하게 담았는데, 우리에게 잘 알려진 〈이주민 엄마〉라는 작품에는 먹을 것이 없어 농촌을 떠나 도시로 이주하는 한 가난한 엄마의 모습을 담았습니다. 무언가 골똘히 생각하는 그 가난한 여성의 표정에는 단호함과 함께, 지쳤음에도 자식을 먹여 살려야 하는 어떤 절박함이 느껴집니다. 그리고 무엇보다 그 사진에는 그 여성의 존엄이 느껴집니다. 낡은 옷과 누추한 아이들, 지친 얼굴에도 불구하고 선연하게 느껴지는 것은 그녀가 지닌 품위입니다.

　물질주의의 횡포에 기쁨을 잃어 가는 우리의 영혼을 향해 랭의 작품들은 말을 건넵니다. 작품 속의 가난한 사람들—과거에 노예였고 현재도 여전히 가난하게 살아가는 흑인들, 캘리포니아 농장에서 아몬드를 따는 멕시코인들, 세계대전 중 일본이 적국이라는 이유로 집을 빼앗긴 채 수용소 캠프로 가는 일본계 미국인들, 미국 중부의 가난한 농부들, 지게를 진 한국 사람들—은 여전히 품위가 있습니다. 그가 찍은 피사체의 시선은 제게 묻는 것 같습니다. 너는 가지지 않고도 그저 너 자신으로서 이만큼의 품위를 가지고 있는가 하고요. 혹은, 너는 네가 가진 품위를 알고 있느냐고 묻는 것일 수도 있겠습니다.

몸

요즘에는 몸이라는 텍스트를 통해 자신을 살펴보는 작업을 많이 합니다. 몸은 생물학적으로만 이해할 수 없습니다. 몸이란 인간의 내면과 외부 세계가 연결되고 서로 반응하는 공간입니다. 몸은 나를 표현하는 곳이고, 내가 반응하는 곳이고, 내가 타인과 세상을 통해 변해 가는 공간입니다. 그런데 자크 라캉이 "몸은 타자에 의해 형성되고 타자에 의해 쓰인다"고 이야기했듯이, 몸은 타자의 시선에 주체성을 내어주고 소외될 위험에 늘 처해 있습니다. 그런 면에서, 요즘 몸에 문신을 새기는 행위는 강요되는 메시지에 대항하여 스스로 자기가 원하는 메시지를 쓰고자 하는 행위가 아닐까 생각해 봅니다. 그러니까 '너는 뚱뚱하다', '너는 비정상이다'라고 강요받는 소외된 몸에, 스스로 인격의 주체로서 자기가 원하는 이미지와 글자를 새겨 넣는 것입니다.

또 춤이나 요가를 통해 소외된 자신을 회복하는 현대인들이 많습니다. 자신을 잘 느끼지 못하는 사람들, 혹은 감정을 너무 억압해 온 사람들은 함께 춤을 추거나 요가를 하면서 울음을 터뜨리는 경우가 많습니다. 저의 한 동료는 마사지를 받으러 가면 오래 울다가 나옵니다. 마사지를 받으면서 자신이 잊어버렸던 기억들이 계속 떠오르기 때문이라고 합니다.

몸에 대한 담론에서 빠지지 않고 꼭 등장하는 사람은 메를로 퐁티(Maurice Merleau Ponty)입니다. 그는 몸을 사회 현상으로 보았습니다. 몸은 한 시대의 한 공간에 제한되고, 타인들과의 상호작용을 통해 계속 변화해 간다는 것입니다. 자신이 인식하는 대로 스스로 변해 감과 동시에, 나 자신과 관계 맺는 누군가도 나로 인해 변해 갑니다. 제가 그의 이론에 동감하는 것은, 제 삶을 돌아보아도 제가 만나서 교류한 사람들에 의해 줄곧 성장하고 변화해 왔기 때문입니다. 태어나서 자란 한국을 떠나 미국에서 25년을 살면서, 미국의 문화와 이 문화 속에서 사귄 사람들에 의해 정말 많은 변화가 있었음을 느낍니다. 퐁티는 바로 이런 인식의 공간을 몸이라고 규정했습니다. 그러니까 우리의 몸은 사회 현상을 인식하고 타자와 관계 맺음으로써 성장하고 변화하는 궤적입니다. 그렇기에 현재의 나 자신과 현재의 세상을 이해할 수 있는 좋은 텍스트라고 할 수 있겠습니다.

개인적인 기록

마지막으로, 자신이 쓴 글이나 다양한 형식의 창작물도 자신을 발견하는 좋은 텍스트가 됩니다. 매일 열심히 기록한 일기나 빼곡하게 적어 놓은 메모뿐 아니라 그저 생각 없이 끄적인 낙서나 만화 같은 그림들도 자기 삶의 의미를 찾는 데 좋은 도구가 됩니다. 일기 쓰기는 우리가 초등학교 때부터 해 온 일이지만, 여전히 삶을 돌아보는 가장 좋은 도구입니다. 수첩에 약속과 한 일들을 촘촘하게 정리해 두는 것도 삶을 점검할 때 좋은 단서를 제공합니다. 요즘은 아이패드로 이런저런 삶의 기억들을 글과 그림으로 기록해 두는 사람들도 흔히 보입니다.

　수도생활 중에서 제가 제일 좋아하는 날은 한 달에 하루 정도 갖는 피정의 날입니다. 그런 날이면 무조건 바닷가에 가거나 혼자 거리를 걷습니다. 그러다 다리가 아프면 카페에 들러 커피를 마십니다. 그리고 배낭을 열어 한 달 동안 적은 일기와 메모장을 펼쳐 봅니다. 요즘은 점점 정색하고 쓰는 일기가 머쓱해져서, 메모장을 더 많이 사용합니다. 그날의 할 일을 이것저것 적은 것도 있고, 책을 읽다가 논문에 인용하기 위해 표시한 부분도 있고, 누군가에게 기분이 상했다고 쓴 부분도 있습니다. 잡지나 신문에서 본 마음에 드는 시를 급하게 찢어 붙이기도 했습니다. 어떤 부분은 하도 휘갈겨 써서 제가 봐도 무슨 소리인지 모를 때도 있습니다. 그래도 이 조각들을 읽으면 마음이 참 좋습니다. 내가 지나왔던 순간순간의 기록들이 보이고, 어떤 문제로 고심하고 또 즐거워했는지가 잘 보이기 때문입니다. 내가 기억하지 못한 순간들은 손 안의 모래처럼 주르륵 빠져나가 버린 것 같아서 아쉬움도 많이 남습니다.

내 일상이 축제가 되기 위해서, 아니면 일상 속에 깃든 축제를 찾아내기 위해서, 내 영혼의 콜라주를 읽어 내려가야 합니다. 어떤 부분은 커다란 그림이고, 어떤 부분은 작은 글자일지도 모릅니다. 그런 조각들은 늘 내 일상은 작은 축제라는 것을, 축제에는 슬픔도 있고 상실도 있음을, 그런 것들을 보아 내면 거기에 맑은 기쁨이 탄생한다는 것을 가르쳐 줍니다. 기록하는 일은 내 삶이 나에게서 소외되지 않도록 하는, 나에 대한 정중한 예의입니다.

기쁨, 일상의 축제 속으로

코로나 시대라는 현실에서 우리는 이 세상에서의 삶이 정말로 불확실한 것임을 절절하게 깨닫고 있습니다. 안전할 것 같았던 이 세상이 알고 보니 대책 없이 허술하고 허점투성이라는 사실에 많은 이들이 두려움과 당황스러움을 느낍니다. 그런데 생각해 보면, 삶은 원래 불확실한 것이 아니었나 싶습니다. 누구도 미래를 예측할 수 없고, 자신의 생을 마감하는 방식과 때를 알 수 없습니다. 실존주의 철학자들이 말하는 것처럼 생은 너무 모순적이고 불합리합니다. 바로 이런 삶의 조건이 사람들 안에 보편적으로 일으키는 감정은 슬픔입니다.

안정된 것이라 믿었던 우리의 인생이, 영원할 것 같았던 우리의 일상과 관계가 붕괴될 때 우리는 슬픔이라는 무거운 감정을 경험합니다. 슬픔은 물론 우리의 꽉 짜인 일상 너머 영혼의 깊이에 도달하게 한다는 점에서 참 아름답고, 지루할 틈이 없는 매우 강력한 체험입니다. 그러나 이 경험은 너무 강렬해서, 잘 지켜보며 보듬고 또 때가 되면 떠나보내는 일련의 작업을 해야만 합니다. 그렇게 힘든 작업을 하다 보면 어느덧 삶의 실존을 만나고, 그 깊이 안에 자리한 진실한 행복을 느낄 수 있을 것입니다. 물론 당연하게도, 슬픔을 원하는 사람은 없으며 슬픔은 결코 자신이 원하는 시간에 찾아오지 않습니다. 중요한 것은, 그저 어느 때고 그 슬픔이 인생을 찾아오면 눈물 흘리고 마음 아파하며, 그리고 상실을 마음에 새기며 그것이 우리에게 보여 주는 삶의 진실을 마주하는 것입니다.

이렇듯 슬픔이 피할 수 없는 인생의 무거운 손님이라면, 기쁨은 우리를 살짝살짝 건드리고 달아나 버리는 바람과 같습니다. 혹은 시냇가에서 물방울을 튕겨 옷을 적시고 도

망가는 장난스러운 친구라 해야 할까요. 그런데 그렇게 보내 버리기에는, 기쁨은 우리 인생의 소중한 것들을 일깨워 주는 너무도 중요한 신호입니다. 그 신호를 따라가다 보면 내가 사랑하는 사람들과 소중한 관계들, 함께 나누었던 마음, 근원적이고 무조건적인 애정을 고스란히 발견하게 됩니다. 그런 것들을 우리는 사랑이라 부르고 때로 행복이라 부르며 또 누군가는 신이라 부르기도 합니다(제가 보기에 신에 취한 사람처럼 기쁨에 젖어 있고 또 아름다운 사람은 없는 것 같습니다). 그렇기에 우리는 언뜻언뜻 찾아오는 그 기쁨을 잘 알아차리고 연장해 가는 훈련을 해야 합니다.

얼마 전 몸이 아파 휴학을 하고 집으로 돌아간 한 학생과 오랜만에 긴 통화를 하면서, 기쁨과 행복의 관계에 대해 이야기를 나누었습니다. 알고 보니, 스페인어에서도 행복은 '펠리시다드'(felicidad)로 긍정적인 삶의 의미를 가리키는 반면, 기쁨은 '알레그리아'(alegria)로 경쾌하고 가볍고 즐거운 마음을 의미한다고 합니다. 늘 몸이 아파서 슬픔에 에워싸인 자신도 삶의 밑바닥에 있는 행복을 더 많이 만나기 위해 기쁨을 배우고 싶다고 그는 말했습니다. 저는 평생 병과 함께 살아가면서 많은 아픔을 가진 그가 기쁨을 자주 포획할 수 있기를 기도했습니다.

저는 이 책을 쓰기 위해 기쁨이라는 주제를 공부하고 정리하면서 많은 순간 기쁨을 맛보았습니다. 자료를 찾고 책을 읽으면서 미처 생각하지 못했던 것을 알게 되고, 또 당연하게 여기던 것들을 다시 곱씹고 질문을 고쳐 쓰고 더 깊은 질문을 던져 보았습니다. 그러는 가운데 기쁨이란 밑도 끝도 없이 그냥 다가오는 막연한 감정이 아니라는 확신을 가지게 되었습니다. 기쁨이란 각자의 영혼 깊이 묻힌 행복이라는 거대한 강물의 밑바닥에서 반짝반짝 솟구쳐 오르는 물고기처럼, 삶의 근원인 행복을 기억하라고 일깨우는 손짓 같은 것입니다. 그러므로 기쁨은 심오하거나 무거울 필요 없이, 그저 바람에 가볍게 살랑거리며 춤추는 나뭇잎 같은 것입니다.

저는 해마다 여성들의 피정 모임인 〈지혜의 원〉을 꾸려 왔었는데, 2020년의 팬데믹을 겪으면서 '줌'이라는 온라인 공간으로 옮겨 갈 수밖에 없었습니다. 이곳에서 피정을 지도하며 알게 된 것은, 이제는 더 이상 그동안 취해 온 방식이나 좋아하는 예전을 고수할 수 없다는 것이었습니다. 서로 동그랗게 모여 앉아 힘든 자매의 아픈 나눔을 들으며 서로 안아 줄 수 없다는 것이 참 아쉬웠습니다. 그런데 다른 여성들의 마음을 더 깊이 듣고 생각할 수 있다는 점은 무척 신기했습니다. 우리는 하루나 1박 2일을 꼬박 컴퓨터 앞에 있을 수는 없으므로, 일주일에 두 시간씩 4주 동안 만나는 형식으로 바꾸기로 했습니다. 이 피정에 참여한 여성들은 매주 저마다 다른 지점에서 일상을 살다가 나눔의 깊이 속으로 함께 걸어 들어갔습니다. 그런데 이 과정을 진행하면서 제가 발견한 것은, 처음에는 화려하고 지적인 이야기들을 나누던 자매들이 점차 소박하고 일상적인 기쁨을 이야기하는 쪽으로 변해 가고 있다는 것이었습니다. 한창 제철인 복숭아를 한 입 베어 무는 순간의 기쁨, 바람을 맞으며 자전거를 타는 순간의 기쁨, 취직이 안 될 것 같았던 자신의 출근길 발자국 소리를 들을 때 느끼는 기쁨, 그것도 아니면 마음에 꼭 드는 접시를 사서 과일을 예쁘게 담을 때 느끼는 기쁨 등. 그들의 일상이 축제의 빛으로 물들고 있어서 너무도 기뻤습니다.

저 역시 일상 속에서 많은 기쁨을 느꼈습니다. 물이 빈 해변을 걷다가 물이 들어오면서 투명한 물 아래로 생명들이 살아나는 것을 볼 때, 빅토르 위고가 노년에 쓴 관상적 시들을 만날 때, 두 살 난 대녀가 "이건 뭐지?" 하며 모든 것을 신기해하며 물어볼 때, 누군가의 나눔이 며칠간 울림을 줄 때, 또한 책장을 비워 내고 곧 내가 읽고 싶어질 책을 꽂아 둘 빈 공간을 마련할 때, 빨래를 잘 접어 장 안에 넣을 때, 아직 온기가 남아 있는 빨래에서 세제 향이 훅 끼칠 때, 부엌에 처박아 놓은 쓰지 않는 그릇들을 처분할 때 기쁨을 느낍니다. 옛날에 듣던 팝송을 다시 듣거나, 내면이 아름답고 여전히 선한 옛 친구를 만날 때, 그리고 그와 함께 늙어간다는 위안을 느낄 때, 또 어떤 아픔을 겪고서 삶의 고유한 목소리를 낼 줄 아는 젊은이를 대할 때 저는 잔잔한 기쁨을 느낍니다.

불확실한 삶의 실재를 매번 대면할 수가 없는 우리는 규칙을 만들고 금을 그으면서, 자칫 확실성 위에 서 있다고 거짓 위로를 하려 듭니다. 이만큼 공부를 하고 이 정도의 상대와 결혼을 하거나 좋은 직장을 가지면 그게 행복이라고 우겨댑니다. 안정적인 삶을 지향하면 그게 행복이라고 자녀들에게 설교합니다. 그런데 이렇게 삶의 본질을 가리는 생활에는 권태가 자리 잡습니다. 지루하고 변함이 없는 생활 속에서 사람들은 나른하게 자신이 행복하다고 이야기합니다. 이런 부류의 행복한 사람들에게 기쁨은 없어 보입니다. 그러니 기쁨의 반대말은 권태가 아닐까 생각해 봅니다.

출세를 하고, 돈을 많이 벌고, 이름을 날리고 싶다면 그렇게 해야겠지만, 기쁨의 본질은 그것보다는 간단하고 소박한 것임을 염두에 두고 살았으면 합니다. 생산성과 효율성이 강조되는 현대 사회에서, 꼭 무엇인가를 이루지 않아도 좋고 실패해도 아무렇지 않은 놀이의 정신이 주는 느슨함, 그리고 새로운 눈으로 세상을 보는 상상력을 가지고 세상 속으로 걸어 들어갔으면 합니다. 그래서 기쁨 너머로 우리 삶의 본질인 행복을 함께 누리며 오는 세대와 가는 세대가 어우러져 축제를 벌이는 날이 왔으면 합니다.

- 노르베르트 볼츠,《놀이하는 인간》, 윤종석, 나유신, 이진 옮김, 문예출판사, 2017.

- 린위탕,《생활의 발견》, 안동민 옮김, 문예출판사, 1999.

- 요한 하위징아,《호모 루덴스-놀이하는 인간》, 이종인 옮김, 연암 서가, 2018.

- C. S. 루이스,《예기치 못한 기쁨》, 강유나 옮김, 홍성사, 2003.

- Eagleton, Terry, *Humor*, New Haven: Yale University Press, 2019.《유머란 무엇인가》(손성화 옮김, 문학사상사 역간)

- Lacan, Jacques, *Écrits: The First Complete Edition in English*, New York: W. W. Norton & Company, 2007.《에크리》(홍준기, 이종영, 조형준, 김대진 옮김, 새물결 역간).

- Lacan, Jacques, *The Seminar of Jacques Lacan: On Feminine Sexuality, the Limits of Love and Knowledge*(Book XX), New York: W. W. Norton & Company, 1999.

- Lacan, Jacques, *The Seminar of Jacques Lacan: The Four Fundamental Concepts of Psychoanalysis*(Book XI), New York: W. W. Norton & Company, 1998.《자크 라캉 세미나11》(맹정현, 이수련 옮김, 새물결 역간).

- Lama, Dalai, Tutu, Desmond, Abrams, Douglas C, *The Book of Joy: Lasting Happiness in a Changing World, New York: Avery, 2016.*《Joy 기쁨의 발견》(이민영, 장한라 옮김, 예담 역간).

- Renfrew, Alastair, *Mikhail Bakhtin*(New York and LondonL Routledge), 2015.

- Rubin, Gretchen, *The Happiness Project: Or, Why I Spent a Year Trying to Sing in the Morning, Clean My Closets, Fight Right, Read Aristotle, and Generally Have More Fun*, Harper Paperbacks; Anniversary edition, October 30, 2018.《무조건 행복할 것》(전행선 옮김, 21세기북스 역간).

생의 기쁨

초판 1쇄	2021년 8월 1일
지은이	박정은
발행인	임혜진
발행처	옐로브릭
등록	제2014-000007호(2014년 2월 6일)
전화	(02) 749-5388
팩스	(02) 749-5344
홈페이지	www.yellowbrickbooks.com